KB072797

MLB
메이저리그

MLB-메이저리그 7

말리브해적 장편소설

초판 1쇄 찍은 날 § 2016년 1월 29일
초판 1쇄 펴낸 날 § 2016년 2월 5일

지은이 § 말리브해적
펴낸이 § 서경석

편집책임 § 한준만
디자인 § 신현아

펴낸곳 § 도서출판 청어람
등록번호 § 제387-1999-000006호
등록일자 § 1999. 5. 31
어람번호 § 제1-2346호

주소 § 경기도 부천시 원미구 부일로 483번길 40 서경B/D 3F (우) 14640
전화 § 032-656-4452 팩스 § 032-656-4453
http://www.chungeoram.com
E-mail § chungeorambook@daum.net

ISBN 979-11-04-90628-2 04810
ISBN 979-11-04-90474-5 (세트)

FUSION FANTASTIC STORY

7

말리브해적 장편소설

MLB
메이저리그

청어람
도서출판

Contents

1. 성숙함, 나아가다

　삼열은 결국 마리아와 여행을 가지 못했다. 잠시 외출만 해
도 가는 곳마다 사람들이 그를 이상한 눈으로 쳐다보았기 때
문이다. 하지만 그는 조금도 위축되지 않았다.

　빅토르 영을 한 대 칠 때부터 이 정도는 예상을 했었다. 그
와 특별히 친한 사이는 아니었다. 하지만 그가 자신에게 우호
적이라는 것은 잘 알고 있었다.

　그를 위한 일이었다. 정직하고 예민하기까지 한 그가 이 일
로 슬럼프에 빠지지 않기를 바랐다. 그가 받을 비난을 자신이
가져온 것이다.

그러나 이것을 희생이라고 생각하지는 않았다. 정말 한 대 치고 싶어서 친 것이니까. 하지만 그를 배려하지 않았다면 아무도 없는 데서 떡이 되도록 자근자근 밟았을 것이다. 퍼펙트 게임을 망쳐 버린 복수는 아니었다.

삼열은 컵스는 싫어하지만 선수들은 좋아했다. 모두 우승에 대한 스트레스로 주눅이 들어서인지 유대감이 레드삭스의 선수들보다 훨씬 좋았다. 메이저리그에 있는 구단치고 선수들 간의 분위기도 좋았고 정도 많았다.

삼열은 연습장에 가서 샘 잭슨 코치에게 투구폼을 다듬었다. 그러면서 스크루볼을 조금씩 배워갔다. 물론 시즌 중이라 본격적으로 배우는 것은 아니고 그립을 쥐고 가볍게 한두 개 던져 보는 정도였다.

억울하게 욕을 먹는 것은 씁쓸했지만 덕분에 흐트러진 구위를 다듬을 시간이 생긴 것은 아주 좋았다. 구단의 선수들도 모두 삼열에게 동정적이었다.

로버트가 조심스럽게 다가와 왜 그랬느냐고 물었을 때 삼열은 솔직히 말했다.

한 대 치고 싶기도 했고 빅토르 영을 위해 그랬다고 자세히 설명했다.

로버트도 고개를 끄덕였다. 그 역시 삼열이 아무리 악동이라 해도 그렇게까지 할 것으로 생각하지는 않았던 것이다. 천재적인 머리를 가진 삼열이 후폭풍을 계산하지 못했다는 것은 말도 되지 않았다.

가장 감격한 사람은 당연히 빅토르 영이였다. 그는 삼열을 껴안고 울기까지 했다.

일주일이 지나자 팬들도 서서히 삼열에 대한 미움을 조금씩 거둬들이기 시작했다. 어차피 그가 악동이라는 것을 몰랐던 것도 아니고, 너무 충격적인 장면이어서 당황했던 탓이 컸다.

무엇보다도 그가 빠진 컵스는 왠지 어둡고 답답했다. 성적은 나쁘지 않았지만 꼭 있어야 할 무엇이 없다는 것을 느끼기 시작한 것이다.

빅토르 영과 선수들이 적극적으로 나서서 삼열을 변호해 준 것도 한몫했다. 정작 맞은 사람이 나서서 삼열 강에게 고맙다고 말하는데 사람들이 뭐라고 할 것인가.

일주일이 지나자 말을 거는 아이들이 하나둘씩 다시 생겨났다.

"삼열 강, 왜 그랬어요?"

"아이들에게 말 못 할 어른들의 이야기란다."

"그럼 빅토르 영을 위한 것이었다는 말도 맞나요?"

"사실 한 대 때리고 싶기도 했단다. 하지만 너에게 정직하게 말하는데, 별로 세게 안 때렸어."

"아하하하!"

아이도 삼열의 말에 어이가 없는지 웃었다. 그리고 그를 향해 말했다.

"그래도 난 형아를 응원할 거예요. 파워 업!"

생각보다 사람들의 반응이 나쁘지 않아 다행이었다. 정말 그때는 뭔가에 홀린 것처럼 경기에 집중했고 사고를 저질렀다. 하지만 절대로 후회는 하지 않았다.

일은 결과를 보면 안다. 무엇보다 빅토르 영이 매 경기마다 펄펄 날고 있다. 씨앗을 심고 기다리면 그 열매가 열리는 날이 온다. 열매가 열리면 비로소 그 나무가 유익한지 무익한지 판단할 수 있다. 비슷하게 생겼다고 같은 나무가 되는 것은 절대 아니다.

어쨌든 결과는 좋게 나타나고 있었다. 삼열이 빠진 컵스는 똘똘 뭉쳐 선전하고 있었다.

타자들의 타격이 가라앉으면 투수도 승리할 기회를 놓치게 된다. 지금도 타격 지원이 많지 않아 경기 때마다 삼열이 타자 역할을 할 때가 많았다.

북 치고 장구 치고 혼자 다 했는데 여기서 더 분위기가 나빠지면 삼열로서는 문제가 된다.

구단을 욕하고 가끔 투덜거려도 삼열은 사이 영이 이룬 승수, 511승만큼 위대한 일을 해보고 싶었다. 그런데 컵스가 여기서 침체되면 결국 자신에게 좋을 것은 하나도 없다.

물론 투수는 방어율로 이야기해야겠지만 승수가 뒷받침해 주지 않으면 그 업적도 빛이 바래는 법이다. 요즘 들어 타석에 서서 투수를 괴롭히는 것도 그다지 재미가 있지 않았다. 온몸에 덕지덕지 보호 장비를 착용하고 꼭 안타를 치려고 발버둥 치는 것도 우스웠고.

이것은 사랑을 시작하면서 마리아의 성품에 영향을 받은 탓도 있었다. 항상 모든 사물을 긍정적으로 보고 칭찬과 격려를 아끼지 않는 여자가 옆에 있으니 그도 역시 조금은 착해지는 느낌이었다.

이 멋진 여자와 발을 맞추기 위해서는 자신이 조금 더 근사해질 필요가 있다고 느꼈다.

삼열은 조금 더 기다렸다가 언론에 생각을 밝힐 예정이었다. 어차피 자신은 악동이니 더 잃을 것도 없으니까.

다만 티셔츠 판매가 제대로 되어 주머니도 조금은 두둑해지고 마리아나처럼 병든 아이들을 위한 기부금도 낼 수 있었으면 하는 바람이 컸기에 그것이 마음에 걸렸다.

그러나 이런 걱정은 8일째 되는 날 한 방에 해결되었다. 어떻게 그렇게 하루 만에 모든 매스컴과 팬들의 마음이 바뀔 수 있었는지 이해하지 못할 정도였다. 마법 같았다.

수없이 많은 기자가 그의 집과 연습장에 나타났기에 삼열은 호텔로 거처를 옮겼다. 귀찮기도 했지만 무엇보다도 마리아를 위해서였다.

기자들에게 마리아와 동거하는 것을 알리기 싫었다. 아직 자신은 준비가 제대로 되지 않았고 세상에 정면으로 부딪칠 용기가 아직은 없었다.

삼열은 이 모든 문제를 단번에 해결해 주었다는 유튜브를 찾아보았다. 영상에는 에드워드 맥클레인이 나와 삼열을 위해 변호해 주었다.

예의 그 잘생긴 얼굴로 에드워드가 인사했다. 그러고는 야구공을 하나 보여줬다.

―안녕하세요, 에드워드 맥클레인입니다. 삼열 강 선수에 대한 팬들의 오해를 풀어드리기 위해 올립니다. 보이시나요? 이것은 삼열 강 선수가 제게 해준 사인 공입니다. 읽어 보겠습니다. 마리아나, 하늘에서도 나의 팬이 되어줄 천사를 위해 퍼펙트게임으로 보답할게.

화면에는 삼열이 쓴 작은 글씨가 클로즈업되었다.

―보이시나요? 이것은 제 차로 삼열 강 선수를 공항에 배웅해 줄 때 받은 것입니다. 나는 그에게 조카를 보러 갈 때에 자랑할 수 있도록 사인을 부탁했었죠. 제 조카는 아주 아름답고 착한, 천사 같은 아이였습니다. 그 아이를 아는 사람은 모

두 사랑할 수밖에 없는 그런 아이였죠. 이제 그 천사는 하나님 품으로 갔습니다. 이곳에 없어요.

이 대목에서 에드워드는 눈시울을 붉혔다. 화면을 통해 그가 얼마나 조카를 사랑했는지 느껴졌다. 그뿐만 아니라 모든 가족이 한결같은 마음으로 마리아나를 사랑했다.

―그날 장례식에 삼열 강 선수가 왔어요. 굉장히 놀랐습니다. 그리고 이해할 수 없었죠. 이런 선수가 어떻게 악동일 수 있지 하고요. 그는 그날 장례식을 마치자마자 휴스턴에서 시카고로 돌아가 오후에 선발로 등판하였습니다. 그리고 퍼펙트게임을 놓쳤습니다.

그는 입이 마른지 혀로 가볍게 입술을 축이고는 다시 이야기를 시작했다.

―그는 그 퍼펙트게임을 내 조카에게 선물하려고 했습니다. 그런데 죽은 자에게 마지막으로 한 약속을 지키지 못해 아마도 그는 화가 났겠죠. 소문을 들어보니 삼열 강 선수는 기록에는 관심이 없고 자기 몸을 챙기는, 약간 이기적인 성격이라고 들었습니다. 그런 그가 그날 안타와 도루, 그리고 혼신을 다하여 공을 던지는 것이 TV 화면을 통해 보이더군요.

에드워드의 눈가에는 눈물이 맺혔다. 사랑하는 조카를 잃은 슬픔이 그의 얼굴에 모두 드러났다. 화면만 보고 있어도 그것이 진하게 느껴졌다.

─아, 삼열 강 선수, 미안해요. 일주일 동안 일본 출장을 갔다 왔고, 일본에서 기사를 접했지만 방법이 없었어요. 당신이 우리 가족에게 베푼 사랑과 친절을 생각하면 모든 것을 포기하고 미국으로 돌아와 이 사실을 밝혀야 했지만 난 직장인이어서 그게 쉽지 않았습니다. 여러분, 이것이 삼열 강 선수에 얽힌 작은 이야기입니다. 그는 과연 악동일까요? 마음으로 그를 보시면 답이 나올 것입니다.

화면이 꺼졌다. 삼열은 울컥 눈물이 쏟아질 것 같았다.

그동안 혼자 외롭게 살아오면서 사람들에게 마음의 문을 닫고 자신에게 조금이라도 해를 끼치면 고슴도치처럼 날카롭게 가시를 곤두세워 왔었다. 그런데 마리아를 만나고부터는 그것이 잘 안 되었다.

*   *   *

다음 날 오후에 구단에서 연락이 와서 구단 사무실로 갔다. 그곳에서 삼열은 스티브 맥클레인을 만났다.

"아, 어떻게 이곳에……."

삼열은 악수를 청하며 자신을 품에 안는 스티브를 어리둥절한 표정으로 보았다.

"당연히 와야지요. 안 오면 마리아나가 하늘에서 슬퍼할 것

입니다. 제 딸은 여전히 삼열 강 선수의 팬이니까요. 물론 저
도 그렇고요."

스티브는 미소를 지으며 말했다. 그의 얼굴에는 여전히 딸
을 잃은 슬픔이 묻어났지만 삼열이 걱정할 만큼은 아니었다.

세상은 혼자 사는 곳이 아니다. 삼열도 알고 있는 사실이
다. 확신할 수는 없지만 마리아나가 자신에게 세상과 소통하
라고 말하는 것 같았다.

진심을 보이니 진심이 다가왔다. 어렸을 때 친절한 얼굴로
다가와 모든 돈을 강탈한 작은아버지 같은 사람만 사는 세상
은 아니었다.

'하아, 나도 나이가 들어가니 언제까지 세상과 담을 쌓고 살
수는 없겠지.'

인간은 성장하는 만큼 세상과 소통해야 한다. 남들에게 도
움을 받기도 하고, 또 돕기도 하면서.

삼열의 마음을 연 첫 번째 사람은 수화였다. 그리고 두 번
째는 어린 천사, 아빠를 무척 사랑했던 마리아나였다.

자신은 없지만 이제는 세상으로 향한 걸음마를 디뎌야
할 때다. 그렇지 않다면 마리아와 어떻게 될지 장담할 수 없
다. 물론 그녀는 더 오랜 시간을 기다려 줄 것이고 자신이
전혀 변하지 않아도 떠나지 않을 여자지만 남자는 사랑하는
사람 앞에서 더 멋진 사람이 되고 싶어진다. 그게 남자의 사

랑이다.

삼열은 처음으로 진지하게 스티브와 이야기했다. 그는 딸의 죽음으로 심한 우울증을 앓았다고 했다.

그는 거의 밥도 먹지 않고 잠도 자지 않고 딸을 그리워했기에 동생이 유튜브에 영상을 올리기 전까지는 아무것도 몰랐다.

그러다가 삼열의 이야기를 듣고 문을 열고 나왔다. 그는 자신이 나서야 한다는 것을 본능적으로 깨달았던 것이다. 그래서 그는 일어나 식사를 하고 면도를 하고는 허겁지겁 이곳까지 날아온 것이었다.

"딸은 제게 모든 것이었어요. 그런 내 딸이 삼열 강 선수를 응원하는 한 나도 그 애를 따라서 그렇게 해야 한다는 생각이 들더군요."

스티브는 쓸쓸하게 웃으며 말했다. 세상에 자식을 사랑하지 않는 부모는 없을 것이다. 그러나 이렇게 절실하게 서로를 위하는 부녀는 보지 못했다. 얼굴만 봐도 나타났다. 얼마나 서로를 사랑하고 위하는지.

삼열은 자상했던 어머니와 엄했지만 속으로는 자신을 한없이 사랑해 주셨던 아버지가 생각났다. 그러자 눈물이 찔끔 났다.

이렇게 좋은 사람들을 계속 만나는 것은 아마도 하늘에 계신 부모님이 자신을 위해 애를 써 주셔서가 아닐까 하는 생각마저 들었다.

영혼의 세계를 알지는 못하지만 아버지 어머니가 무척이나 그리웠다.

스티브는 구단이 마련해 준 기자 인터뷰를 통해, 그리고 지역 방송인 원더풀 스카이를 통해 그동안 딸과 삼열 사이에 있었던 이야기를 가감 없이 진지하게 전했다.

안 그래도 컵스의 경기를 보며 삼열의 부재를 절실히 느끼고 있던 팬들은 자신들의 경솔함을 깨달았다.

삼열에게 맞은 빅토르 영이 사실은 그게 아니라고 말했을 때에도 구단이 그렇게 하라고 시킨 것인 줄 알았기에 무시를 했었다.

삼열이 아이들을 끔찍이 위하는 이미지가 아니었다면, 특히나 그가 휴스턴 애스트로스전에서 히트 바이 어 피치드 볼을 던지고 탈스 힐로 도망가면서 아이들에게 부끄러운 모습을 보여줄 수 없어 그랬다는 말에 감동하지 않았다면, 사실은 별일 아니었다.

그런데 그랬던 그가 홈경기에서 다른 누구도 아니고 팀 동료에게, 그것도 실수하여 미안한 마음을 가지고 있는 동료에게 폭력을 행사했으니 배신감을 크게 느꼈다.

이런 불신을 부추긴 것은 언론이었다, 그동안은 삼열의 뛰어난 성적에 부정적인 것들을 보도하지 못하다가 기회가 생기자 일시에 달려들어 난도질했던 것이다.

삼열은 스티브에게 휴대전화 번호를 받아 저장했다. 그리고 나중을 기약했다.

삼열은 티셔츠가 잘 팔리면 마리아나처럼 아픈 어린이를 위한 기금을 모으고 싶었다.

동병상련이라고 했다. 아파본 사람만이 아픈 사람의 심정을 아는 법이다. 머리로 이해하는 것은 그냥 그럴 것이라고 짐작하는 것뿐이다.

처절하고 절망스러웠던, 죽고 싶었던 시절 두려움에 혼자 떨던 과거의 기억이 더욱 그로 하여금 이 일에 관심을 가지게 했다.

삼열은 한순간에 돌아서는 팬들을 보고 피식 웃었다. 신경 쓰지 않겠다고 했지만 그도 사람인 이상 어찌 그럴 수 있었겠는가.

삼열은 기자들이 모두 물러가자 집으로 돌아왔다. 폭풍 같은 시간이 지났어도 집은 고요했다. 변한 것이 하나도 없었고 너무 조용해서 이상할 정도였다.

마리아와 단둘이 저녁을 같이 만들어 먹고 그동안 지친 마음을 쉬면서 풀었다.

잔잔한 음악을 들으며 책을 읽던 마리아가 책을 손으로 주물럭거렸다. 왜 그렇게 하냐고 물으니 그래야 마음이 차분해진다고 했다.

완벽할 것 같은 마리아의 성격 중에서 단점 하나를 찾은 것 같아 삼열은 낄낄거렸다.

"달링, 이제 문제가 잘 해결되었네요."

"맞아. 드디어 조용해졌어."

"왜 쓸데없는 일을 해서 문제를 크게 만들었어요?"

"내가 이 허약한 컵스에서 20승을 달성하려면 타자들의 도움이 절실히 필요해. 아쉽게도 빅토르 영은 1번 타자. 그가 죽으면 컵스도 그다지 좋지 않아요. 사실 한 대 치고 싶었던 게 본심이고. 하지만 그를 위하는 마음도 있었죠. 내가 왜 그때 그렇게 했는지 잘 모르겠어. 난 다만 마리아, 당신 앞에서 부끄럽지 않은 남자가 되고 싶은데 그게 잘 안 돼."

삼열의 말에 마리아가 살포시 웃었다. 그녀가 행복할 때 짓는 미소였다. 이제는 안다. 항상 웃는 마리아지만 정말 즐거울 때는 이렇게 조용하게 살짝 웃는다는 것을.

세상에 완전한 사람은 없다.

마리아도 다른 사람들보다 조금 더 나은 성품을 가졌을 뿐이라고 삼열은 생각했다. 물론 조금 나은 그것만으로도 삼열은 간지더지였지만.

"마리아, 나는 어차피 7년 동안은 컵스를 못 벗어나. 좋아하려고 노력해 봐야지. 그 7년 동안 적어도 200승은 했으면 해."

"어머나, 말도 안 돼요. 200승은 다른 선수들이 20년 동안 메이저리그에서 뛰어도 얻을까 말까 한 성적이에요."

"그런가? 하지만 난 벌써 6승 1패야. 이제 194승 남았네. 하하하."

삼열이 다시 명랑한 모습으로 돌아오자 마리아도 미소를 지었다. 그녀가 사랑하는 모습은 이런 것이다. 약간은 철이 없어 보여도 명랑하고 개구쟁이 같은 이런 모습.

이럴 때의 그는 정말 활기가 넘친다. 같이 있으면 시원한 맥주를 마신 듯 속이 시원해진다.

그녀는 삼열이 악동이지만 마음은 한없이 따뜻한 사람인 것을 알고 있다. 심리학 박사인 그녀가 간단한 테스트만 해봐도 삼열이 얼마나 부드럽고 로맨틱한 사람인지 안다.

다만 그는 단단한 껍질 속에 자신을 스스로 가두었다. 그것이 무엇 때문인지 몰랐지만 이제 조금씩 알아가려고 하는 중이다. 무엇이 삼열을 그렇게 만들었는지 정말 궁금해진 것이다.

마리아는 삼열의 정신을 분석해서 정보를 얻을 생각은 없다. 사랑하는 사람이니까 그의 입으로 직접 듣고 싶었다.

눈치가 빠른 그녀는 자신이 있었다. 여기저기 그가 던진 말들의 조각을 맞추면 정말 무엇이 문제인지를 알 수 있다.

저번에 자신에게 말해 준 그 이야기가 끝인지 아니면 무엇인가 더 있는지 궁금해졌다. 하지만 사랑은 기다리는 것이다. 마리아는 충분히 기다릴 생각과 의지를 갖고 있다.

삼열이 마리아의 옆으로 다가와 살짝 스킨십을 했다. 적극적인 성격의 마리아는 금방 삼열의 의도를 눈치채고 먼저 키스를 해왔다. 삼열은 키스하면서 가족에 대해 생각을 했다. 정말 마리아가 자신의 아내가 되었으면 좋겠다는 생각이 들었다.

20일의 출장 정지 처벌이 삼열에게는 모처럼 맛보는 달콤한 휴식이었다. 그는 위대한 목표를 설정했지만 그것을 위해 자신을 희생할 생각은 결코 없었다.

목표는 단지 인생의 길잡이일 뿐이다. 가야 할 목적지가 생기면 사람들은 그 길을 가는 최선의 방법을 생각하게 된다. 걸어서 가거나 대중교통을 이용하거나, 그도 아니면 자가용이나 비행기를 이용할 수도 있다.

하지만 목적지에 도달하기 위해서 시간과 비용을 기꺼이 지불해도 그 외의 것을 희생하지는 않는다. 목적지는 원래 그런 것이다.

사이 영보다 더 많은 승수는 단지 삼열이 인생을 살아가는

데, 그리고 야구를 하는 데 하나의 목표일 뿐이다.

사이 영보다 더 많은 승수를 쌓고, 더 낮은 방어율에 더 많은 이닝을 던져도 그보다 더 위대한 사람이 되는 것은 아니다. 단지 그 직업에서 다른 사람보다 조금 뛰어난 것일 뿐이다.

20경기에 불참하는 동안 컵스의 선수들은 삼열이 연습하는 곳에 찾아와 어울리다가 가곤 했다. 물론 그중에 빅토르 영과 로버트가 가장 많이 왔다 갔다.

*   *   *

메이저리그 사무국이 내준 귀중한 휴가가 다 가기 전에 마침내 삼열은 마리아와 짧은 여행을 떠났다.

그동안은 마리아가 진행 중이던 프로젝트가 급박하게 돌아간 데다가 사람들의 시선도 있어서 자제하다가, 징계가 끝나기 3일 전에 플로리다의 해변을 보러 왔다.

끝없이 펼쳐진 백사장에서 출렁이는 파도를 보고 있자니 마음도 생각도 한결 여유로워졌다.

마리아와 손을 잡고 백사장을 걸으니 부드러운 모래가 발바닥에 밟혔다. 하얀 모래가 아이스크림처럼 부드럽게 발을 간지럽힌다.

그러고 있자니 문득 삼열은 자신이 마리아와 사귀면서 데이트다운 데이트를 하지 못했음을 깨달았다. 어떻게 그럴 수 있었는지 신기했다.

이렇게 아름답고 대단한 여자의 마음을 얻는 데 자신이 노력한 것이 별로 없다는 것이 놀라울 따름이었다.

그녀가 먼저 다가왔다는 것 때문에 그동안 등한시했던 것들이 생각났다. 그녀가 다가왔을 당시 자신이 여자를 생각할 상황이 아니기도 했고 말이다.

미안해진 그는 해변을 걷다가 마리아의 입에 살짝 키스하였다.

"어머, 왜요?"

"그냥. 이렇게 멋진, 그리고 예쁜 여자와 데이트하는데 내가 너무 노력을 안 한 것 같아서."

삼열은 말을 하면서도 조심스러웠다.

겸손한 성격의 마리아지만 이런 사실을 그녀가 자각하면 그때부터 조금은 거만하게 나오지 않을까 하는 염려가 의식의 밑바닥에 아주 약간은 자리하고 있었다. 삼열은 지금이 좋았다.

그런 삼열의 생각을 마치 알고 있다는 듯 마리아가 가볍게 웃었다.

"왜 웃어?"

"그런 게 어디 있어요. 내가 먼저 당신 좋아해서 가방 싸들고 육탄 공세를 벌였는데. 그리고 당신에겐 위대한 목표가 있잖아요. 그 일을 하기에도 시간이 부족해 잠자는 시간을 제외하면 늘 연습장에서 살다시피 하잖아요. 사람을 사랑하는 것은 그런 게 아니에요. 내 삶을 당신과 공유하는 것이지, 마음을 얻기 위해 무슨 행동을 하는 것은 아니에요. 내가 당신을 얻기 위해 노력해서 지금 이렇게 행복하잖아요. 그렇죠?"

"물론이지. 마리아, 난 당신에 비해 정말 인격적으로 성숙하지 못해. 그러니 내가 좋은 남자가 될 때까지 기다려 줬으면 해. 그리고 만약 바뀌지 못한다고 해도 변함없이 내 옆에 있어 줘."

"당신은 지금의 모습만으로도 충분히 멋지고 훌륭해요. 내가 이렇게 당신을 존경하고 사랑하는 것을 보면 모르겠어요?"

마리아는 장난처럼 삼열의 허리를 살짝 꼬집었다. 삼열이 왜 그러냐는 표정으로 마리아를 바라보았다.

"나도 당신이 생각하는 것만큼 훌륭하지 못해요. 하지만 멋진 삶을 살기 위해 노력이 필요하다는 것은 잘 알고 있어요."

바다를 구경하러 온 사람들 사이에서 삼열은 마리아와 손을 잡고 바닷가를 걸었다. 젊은 연인들보다 나이 든 커플이 많았다. 아직 휴가철이 되지 않아서인 듯했다.

인문 고전의 힘이 그녀를 붙들고 있었다. 위대한 성현의 말씀으로 정신을 무장한 그녀는 어지간한 일에는 좀처럼 흔들리지 않았다.

그것이 삼열의 정신도 안정적으로 만들어 주었다. 누나 같고 엄마 같은데 너무나 사랑스러웠다.

삼열은 이 여자를 더 사랑하기로 결심했다. 시간이 지나면서 삼열의 마음은 점점 더 마리아로 가득 차기 시작했다.

맑은 날씨와 끝없이 펼쳐진 바다, 하얀 백사장, 넘실대는 파도. 이 모두가 좋았다.

삼열은 이곳에 도착해서는 운동을 전혀 하지 않았지만 몸이 근질거리지 않았다. 참으로 이상했다. 바다를 보고 있으면 그냥 마음이 시원해지고 넓어지는 느낌이 들어서 삼열은 바다를 좋아하게 되었다.

"굉장히 좋은 곳이죠?"

"응, 좋네."

삼열은 마리아의 말에 대답했다. 정말 오랜만에 느껴보는 편안함이었다. 최근 바짝 긴장했던 시간들의 연속이어서인지 이런 느긋함이 싫지 않았다.

"우리 나이 들면 다시 와요."

삼열은 마리아의 말을 듣고 그녀를 와락 껴안았다. 인생은 계획대로 되지 않는다. 하지만 어떠한 생각을 가지고 살아가는지가 중요하다.

"그래, 그렇게 하자. 꼭!"

삼열의 말에 마리아가 웃었다.

"나 당신 아기 가져도 돼요?"

"당연히 되지. 하지만 내 병이 다 나은 다음에 가졌으면 좋겠어. 알다시피 내 병은 유전되잖아."

"알아요. 그래서 망설였지만 당신을 닮은 꼬맹이가 가지고 싶어졌어요."

"혹시……?"

삼열은 갑작스러운 마리아의 말에 혹시 그녀가 임신했을까하고 걱정스러운 눈을 했다. 그러자 마리아가 풋 웃으며 아니라고 했다.

마리아는 삼열의 손을 꼭 잡고 속삭이듯 말했다.

"여자들은 가끔 아기를 갖고 싶어 해요. 모성애라고 할 수 있죠. 당신을 닮은 아기는 또 얼마나 사랑스러울까 생각하면 정말 흥분돼요."

"하지만 조금 더 있다가 가졌으면 해. 아직은 여유가 있잖아. 나도 더 열심히 노력해 볼게. 그리고 병을 꼭 고칠게요."

마리아는 말없이 고개를 끄덕였다. 바람이 바다 쪽에서 불어와 둘 사이를 스치고 지나갔다. 바다는 잔잔했다. 플로리다의 바다는 요동치지 않는다.

요트와 제트 스키를 타는 사람들이 경쟁하듯 바다를 가르며 나아갔다. 바람이 펄럭이면 요트가 출렁거렸다.

삼열이 요트를 바라보자 마리아가 삼열을 보고 말했다.

"우리 요트 탈까요?"

"빌려줄까요?"

"우리끼리 갈 수는 없어요. 바다는 험하고 이곳은 관광지니까요."

삼열이 고개를 끄덕여 동의를 표했다. 플로리다의 바다는 맑고 투명했다. 물고기와 해초를 비롯하여 물속에 잠긴 바위들이 선명하게 보였다.

바람이 지나면 요트도 그 길을 따라 바다로 나아갔다. 마치 세상 끝으로 갈 것 같던 요트가 방향을 선회하여 다시 해변으로 돌아가기 시작했다.

멀리서 볼 때는 느린 것 같았는데 그렇지 않았다. 바람에 펄럭이는 돛으로 인해 배 위에서는 바람 소리가 더 선명하게 들렸다.

햇빛에 부딪혀 빛나는 바다의 표면은 수십만 개의 유리가 부서져 만들어진 것처럼 반짝거렸다. 뛰어들면 그 날카로운 유리에 베일 것 같은 물결이 출렁일 때마다 현기증이 날 성도로 아름다웠다.

바람에 금색의 머릿결이 날리는 마리아도 아름다웠다. 구명조끼를 입었어도 빛나는 외모의 소유자인 마리아를 선상의 남자들이 흘깃거리며 훔쳐보았다.

한 시간 동안 바다를 헤엄쳐 온 요트가 원래의 자리로 다시 돌아왔다. 첫 항해라서인지 조금은 거북했지만 좋았다.

"다음에 올 때는 아예 요트를 대여해서 있다 가요."

"응?"

삼열은 그게 무슨 말인가 했다. 요트를 대여하다니? 삼열은 요트가 부자들의 스포츠라고 생각하고 있었다.

"대여?"

"풋, 요트를 가진 사람에게 직접 대여해도 되고 임대 업체에서 빌려도 돼요."

"아, 그렇군요."

한국에서는 골프가 부자들의 스포츠지만 미국에서는 골프채만 있으면 아무나 칠 수 있는 것처럼, 요트도 소유하는 것은 비싸지만 대여는 그렇게 비싸지 않았다.

벤츠를 사는 것은 큰돈이 들지만 하루 이틀 렌트하는 데에는 그렇지 않은 것처럼 말이다. 물론 부자들이 소유하고 있는 호화 요트는 무지하게 비싸다.

"그래도 돼요?"

"그럼요."

마리아가 귀엽게 웃었다. 요트가 좋은 것은 개인의 공간과 시간을 제공하기 때문이다. 바다로 나오면 그 누구에게도 방해받지 않고 안락한 시간을 보낼 수 있다.

바다의 낭만과 은밀함이 동시에 제공되기에 삼열도 싫지는 않았다.

삼열은 미끈하게 빠진 요트를 부러운 눈으로 바라보았다. 좀 전에 자신이 탔던 요트와는 비교도 되지 않을 정도로 럭셔리한 것이었다.

저녁은 해산물 요리를 잘하는 레스토랑에 가서 마음껏 먹었다. 마리아는 새우 요리와 연어 훈제구이를 먹었을 뿐 다른 것들은 별로 입에 대지 않았기에 삼열만 신나게 먹고 또 먹었다.

*   *   *

삼열은 아름다운 곳에서 사랑하는 사람과 좋은 시간을 보내고 경기가 임박해서야 다시 시카고 컵스로 돌아왔다. 여행을 마치고 돌아오자 모든 것이 잘 정돈되었다는 느낌이 들 정도로 기분이 좋았다.

오늘은 약간은 어두운 날씨다. 하지만 비가 오거니 하지는 않을 것이다. 기상청이 발표한 바에 의하면 비는 이틀 뒤에나 온다고 했다.

컵스는 그동안 20경기에서 11승 9패를 했다. 원정 12경기가 있었다는 것을 감안하면 매우 양호한 성적이라고 할 수 있다.

오늘 상대 팀은 LA 다저스.

다저스는 현재 서부 지구 1위다. 올해에 좋은 평가를 받지 못했던 다저스로서는 의외의 결과였다.

양키스에 이어 구단의 가치가 2위로 평가받는 다저스는 2년 전에 프랭크 매코트 구단주의 이혼 소송으로 분위기가 안 좋아지면서 매각이 결정되었다. 이혼 위자료로 거액을 지불해야 했던 그가 다저스를 팔기로 한 것이다.

한국의 이랜드도 인수전에 뛰어들었지만, 매직 존슨이 새로운 구단주가 되었다. 물론 매직 존슨 혼자 매입한 것은 아니고 스포츠 재벌 스탠 크론키와의 합작이었다.

매코트는 2004년에 다저스를 4억 3천만 달러에 샀는데 20억 달러에 되팔게 됨으로써 부인과 이혼을 해도 파산할 걱정은 안 하게 되었다.

20억 달러는 2009년 시카고 컵스가 9억 달러에 매각된 이후 최대 규모의 매각 대금이었다. 어쨌든 다저스는 매직 존슨이라는 스타 구단주를 가지게 됨으로써 TV 중계권 계약에 더 큰 영향력을 행사할 수 있게 되었다.

삼열은 오랜만에 리글리 필드에 오니 감회가 새로웠다. 23일 동안 쉬고 왔더니 온몸이 쑤셨다. 공을 던지고 싶어 안달이 날 지경이다.

"여, 삼열. 몸은 좀 어때?"

"좋아!"

빅토르 영이 삼열에게 다가와 친한 척을 했다. 어쨌거나 지난 구타 사건에서 최대의 수혜자는 그였다. 팬들의 동정으로 인해 인기가 급상승했고 성적도 좋아졌다. 삼열이 없던 20경기에서 홈런을 네 개나 쳐서 이제 그는 홈런 여덟 개를 기록하고 있다. 1번 타자가 너무 강력했다.

삼열은 몸을 풀었다. 공을 던져보니 원하는 대로 날아갔고 구위도 묵직했다. 여행한 이틀을 제외하고 23일 동안 구위만 점검했다. 강력해진 손가락의 힘과 손목의 힘이 실린 공은 이전과는 급이 전혀 달랐다. 이제 삼열은 누구와 붙어도 자신이 있었다.

삼열은 몸을 풀고 1루 쪽으로 가서 아이들에게 약속한 파워 업 티셔츠를 나눠줬다. 오랜만이라 처음에는 조금 어색했지만 아이들이라 그런지 금방 친해졌다.

삼열은 특유의 뻔뻔함으로 농담을 하며 아이들에게 파워 업을 요구했다 아이들은 티셔츠를 받을 때마다 파워 업을 외쳤다.

어른들도 아이들을 핑계로 다가와 악수를 청하고 사진을 같이 찍었다. 어색할 것 같았던 시간이 예상외로 재미있었다.

비가 온 다음에 땅이 굳어진다는 말이 있듯 삼열의 본심을 알게 된 팬들은 그를 더 신뢰하게 되었다. 티셔츠를 팔아먹으려고 별짓 다한다는 말도 쏙 들어갔다. 그리고 그의 티셔츠는 매장과 인터넷에서 날개가 돋친 듯 팔리고 있었다.

삼열은 100장의 티셔츠를 무료로 뿌렸지만 조금도 아깝지 않았다. 지역 방송이 중계하는 TV 화면을 통해 엄청난 광고 효과를 낼 것이기 때문이다.

"삼열 강, 오늘 이길 수 있어요?"

금발에 연푸른 눈동자를 가진 작은 소녀가 물었다. 삼열은 반사적으로 대답했다.

"물론이지. 난 반드시 이길 거야."

"완전히 밟아주세요."

"응?"

삼열은 아이들의 반응이 너무 뜨거워 왜 그런가 싶었다. 알고 보니 어제 경기에서 컵스가 다저스에게 완전히 발렸기 때문이었다.

"걱정하지 마. 녀석들은 내 공은 두려워서 치지도 못할 테니까."

"맞아, 맞아. 삼열 강은 엄청 잘 던져. 아하하하."

어디서 들어본 적이 있는 웃음소리인 것 같아 뒤돌아보니 저번에 길거리에서 만났던 아이였다. 그래도 자신을 응원하겠다는 어린 팬을 보고 삼열은 악수를 청했다.

"왔구나."

"그럼요. 당근이죠."

아이가 당당한 모습으로 대답했다. 표정만으로는 혼자서도 2천 명의 적군을 상대할 수 있을 것 같았다.

삼열이 그라운드로 돌아와 마지막으로 몸을 가볍게 풀고 난 후 몇 분 지나지 않아 경기가 시작되었다.

오늘 다저스의 선발은 빌리브 쇼였다. 메이저리그 최고의 좌완으로 인정받는 그는 2011년에 21승 5패 2.28의 방어율로 내셔널 리그 사이영상을 수상했다.

하지만 작년에는 족저근막염으로 고생했다. 족저근막염은 반복적으로 발에 무리를 줄 때 발바닥에 심한 통증을 주는 질환이다.

타자나 투수는 반복적으로 관절이나 근육을 무리하게 사용하기에 언제든지 부상의 위험에 노출된다. 특히 삼열처럼 엄청난 연습을 하는 것은 사실 매우 위험한 일이다. 왜냐하면 육체는 정신과 달리 한계를 가지기 때문이다. 일정한 과부하가 육체에 걸리면 반드시 일정 기간을 쉬어야 한다.

　그러나 삼열은 신성석의 영향으로 부상의 위험에서 벗어날 수 있다. 그렇지 않다면 어딘가 고장이 나도 벌써 났어야 했다. 그런 면에서 삼열의 훈련량을 비슷하게 따라온 로버트 메트릭의 체력은 거의 기적에 가까운 것이었다.

　삼열은 마운드에 서서 심호흡을 했다. 그가 마운드에 서자 엄청난 격려의 박수가 터져 나왔다. 리글리 필드에 모인 모든 사람이 그의 팬으로 보일 정도였다.

　3루석에 앉은 다저스의 팬들조차 삼열에게 격려의 박수를 아끼지 않았다. 그들도 삼열의 소식을 듣고 그가 한 아름다운 행위에 깊은 감동을 받았던 것이다.

　"나는 왕이다. 누구도 나의 공을 칠 수 없어. 난 완벽해."

　남들이 들으면 오글거리는 소리를 잘도 혼잣말로 중얼거리며 삼열은 마운드에서 공을 던졌다. 공이 섬광처럼 날아가 포수의 미트에 꽂혔다. 1번 타자 찰스 돈이 그 자리에 꼼짝하지 못하고 서 있었다. 전광판에는 105마일이 찍혔다.

　"와아!"

　"아아."

　"맙소사. 105마일이라니."

　168km/h의 공을 어떻게 친단 말인가. 아무리 직구가 들어올 것으로 예측한다고 해도 말이다.

양쪽의 더그아웃에서도 일대 소동이 벌어졌다. 컵스야 저번 경기에서 104마일이 찍힌 것을 보았지만 다저스는 그게 아니었다.

삼열은 위력적인 공을 시합 중에 한두 번 더 던질 생각이었다. 소문이 난다면 자신의 강속구에 지레 겁을 먹고 제대로 된 타격을 못 하게 될 것이기 때문에 의도적으로 초구에 가장 빠른 공을 던진 것이다.

삼열은 놀라는 사람들을 뒤로 하고 제2구를 던졌다.

느리게 날아오는 체인지업에 타자는 배트를 휘둘렀다. 하지만 바람 소리만 요란하게 리글리 필드를 휩쓸고 지나갔다.

삼열은 1번 타자를 강속구로 잡고 그다음 타자부터는 쉬엄쉬엄 던졌다. 그래도 150㎞/h를 넘나드는 속도라 타자들이 제대로 그의 공을 공략하지 못했다. 강속구와 변화구가 교묘하게 뒤섞여 타격의 타이밍을 찾지 못한 것이다.

거기에는 전광판에 나타났던 105마일이라는 숫자가 타자들의 뇌리에 박혀 실제보다 공이 빨라 보이는 심리적 부담감도 작용했다.

2번 타자도 삼진으로 물러나자 JK.뎀프가 타석에 들어섰다. 3루 다저스의 팬들이 그가 들어서자 'MVP! MVP!'를 외쳤다.

그는 시즌 초반에 부상으로 인해 경기에 많이 참가하지 못했다. 그래서 규정 타석 미달이라 메이저리그 타율 랭킹에 들지 못했지만 0.355의 불방망이를 휘두르고 있었다.

JK.뎀프는 존경과 두려움, 그리고 타오르는 투지로 상대 투수를 노려보았다. 그도 안다. 인간의 어깨가 강하다고 해서 105마일의 공을 던질 수 있는 것은 아니라는 것을, 저렇게 강한 공을 던지면서도 컨트롤하기 위해서 얼마나 많은 시간을 훈련해야 하는지를 말이다.

그것이 타자든 투수든 연습 없이 가능하지 않다는 것을 그는 너무나 잘 알고 있었다. 물론 특이한 천재가 있기는 하지만 메이저리그에서 활동하는 선수들치고 천재라는 말을 들어보지 않은 사람은 거의 없다. 그러니 그중에서도 두각을 나타내는 사람은 더 많은 노력을 했다는 뜻이다.

연초에 허벅지 부상을 입고 마이너리그로 내려가 이대로 선수 생활이 끝나면 어쩌나 하는 불안으로 얼마나 많은 노력을 했던가. 그 덕에 그는 부상 전보다 더 강력해져서 돌아왔다.

공이 날아왔다. 굉장히 빠르면서도 공 끝이 춤추듯 파드득거리며 날아왔다. 눈을 뜨고서도 제대로 보지 못할 정도였다.

'젠장, 굉장하군.'

JK.뎀프는 자신이 경이로운 경험을 하고 있는 것을 느꼈다. 그도 마틴 스트라우스의 100마일짜리 공을 경험해 보았다.

말이 100마일이지, 대부분의 투수는 95마일 전후로 던진다. 효율성 때문이다.

한 경기 내내 100마일의 공을 던지면 어깨는 금방 고장 날 것이고 효율성도 떨어진다. 95마일 정도만 되어도 충분히 강력한 공이다. 제구가 제대로 된다면 메이저리그의 수많은 타자 중 그 공을 자신 있게 칠 수 있는 선수는 몇 없다. 공의 구속이 얼마냐가 아니라 얼마나 제구가 잘되느냐가 더 중요하다.

'못 쳐도 좋아. 자신 있게 휘두른다.'

붉은 실밥에 둘러싸인 하얀 공이 날아왔다. 선명하게 보였다. 그는 원래 유난히 시력이 좋았다. 그리고 부상 후에 더욱 좋아진 시력이 분명하게 공을 볼 수 있게 하여 타율이 비약적으로 올라간 것이다.

JK.뎀프는 붉은 실밥을 노려보며 배트를 힘껏 휘둘렀다.

딱.

데굴데굴.

타구가 바닥으로 굴러갔다. 맞는 순간 공이 방향을 튼 것이다.

JK.뎀프는 1루로 뛰다가 멈추고 더그아웃으로 돌아갔다. 공이 1루에 먼저 도착했기 때문이다.

돌아가면서 그는 비참한 감정과 함께 황홀함을 동시에 느꼈다. 이제 되었다 싶었는데 도전할 만한 투수의 공이 나온 것이다. 그는 경쟁자가 많을수록 좋아했다. 승부욕은 그가 살아가는 삶의 원동력과도 같은 것이었기에.

잠시 후 JK.뎀프는 글러브를 손으로 팡팡 치면서 생각했다.

'엄청난 공이다. 하지만 반드시 치고야 말겠다.'

그는 피가 뜨거워지는 것을 느끼며 글러브를 챙겨 들고 그라운드로 뛰어나갔다.

삼열은 1회 초를 삼진 두 개로 가볍게 마쳤다. 그가 더그아웃에 들어오자 컵스의 선수들이 삼열을 축하해 줬다.

"와우, 삼열! 잠시 쉬더니 더 강력해졌어."

"난 원래부터 강력했어."

"젠장, 저 녀석 또 잘난 척하네."

삼열은 동료들의 불평을 들으며 눈을 감았다. 이제는 버릇처럼 더그아웃에 들어오면 의자에 앉아 눈을 감았다. 그 모습을 보고 로버트가 한마디 했다.

"쳇, 잘난 척은. 그동안 티베트라도 갔다 왔나? 왜 자꾸 눈을 감지?"

삼열은 빌리브 쇼의 공이 궁금하기는 했지만 어차피 그와 직접적으로 대결하는 것이 아니기에 눈을 감고 명상을 하는 것이 나을 것으로 생각했다. 오직 타자들만 생각하기로 했다.

투수가 평상심을 유지하는 것이 얼마나 중요한지는 말할 필요조차 없다. 그러니 평정심을 유지하는 데 최선을 다해야 한다.

빌리브 쇼는 2008년에 19세의 나이로 다저스에서 메이저리그 데뷔를 했다. 그리고 2011년에 서른세 번 선발 등판해서 21승 5패, 평균자책점 2.28에 233.1이닝을, 그리고 248개의 삼진을 잡았다. 그리고 그는 내셔널 리그 사이영상을 받았다.

빌리브 쇼는 95마일의 직구를 던지며 체인지업과 커브를 유인구로, 그리고 메이저리그에서 가장 위력적인 슬라이더로 삼진을 잡았다.

삼열은 잠시 실눈을 뜨고 빌리브 쇼가 던지는 공을 보았다. 제구가 좋고 직구의 스피드와 종속이 좋은 것 같았다. 하지만 빅토르 영이 끈질기게 승부를 하고 있었다.

빌리브 쇼는 여섯 개의 공을 던지고 있었다. 그도 함부로 공을 던지지 못했는데, 빅토르 영이 정교한 타격을 하면서도 장타력이 있기 때문이다.

빌리브 쇼는 조심스럽게 공을 던졌다. 1회 초에 보았던 삼열의 공은 정말 끔찍했다. 여기서 1점이라도 내준다면 만회하기가 쉽지 않았기에 한 개의 공을 던져도 조심스러울 수밖에 없었다.

'까다로운 타자로군.'

빌리브 쇼는 일곱 개의 공을 던지고 나서 그런 생각을 했다. 어제 다저스는 그야말로 컵스를 가지고 놀았지만 그런 행운도 오늘로 끝인 듯했다. 상대 투수의 공은 너무나 뛰어났다.

데뷔 첫해에 방어율 1위에 다승 부문 3위에 오른 선수. 악동이라 같은 편 선수가 퍼펙트게임을 망쳤다고 받아버린 행동을 생각하며 미소를 지었다.

'하지만 내가 이긴다.'

빌리브 쇼는 공을 던졌다. 공이 날아가다가 타자 앞에서 뚝 떨어졌다. 빅토르 영이 배트를 휘둘렀다. 공이 배트 근처에도 오지 않았다.

'이겼다.'

빌리브 쇼는 까다로운 1번 타자를 처치한 것이 무척이나 기뻤다. 그는 자신만만한 표정으로 마운드에 서서 타석에 들어서는 타자를 바라보았다.

스트롱 케인. 시카고 컵스가 죽을 쑬 때도 혼자서 3할의 타율을 유지했던 타자다. 마이너리그에서 이학주의 라이벌이었던 그는 메이저리그에 와서 완전 날고 있었다. 하지만 엄청난 타격 감각에 비해 수비는 조금 어설펐다.

빌리브 쇼는 의외로 컵스의 타자 중에 지뢰가 많다고 생각했다. 1번부터 시작해서 2번 스트롱 케인은 물론, 한물간 레리 핀처도 요즘 홈런을 펑펑 때리고 있었다.

'자, 받아봐라.'

그는 낙차가 큰 커브를 던졌다. 손끝에 걸린 실밥이 착 감기는 것이 상대 타자가 치지 못할 것을 알았다. 역시나 배트가 헛돌았다.

펑.

"굿 잡!"

1루수가 빌리브 쇼를 격려하며 큰소리로 외쳤다. 빌리브 쇼는 스트롱 케인을 4구 만에 삼진으로 돌려세운 다음 나지막하게 한숨을 내쉬었다. 상대 타자의 배트 스피드가 굉장히 빨라 잔뜩 긴장하고 공을 던졌었다.

그는 3번 타자 이안 벅스마저 삼진으로 돌려세웠다. 3루에서 박수가 터져 나왔다. 하지만 그 격려의 박수가 삼열이 마운드로 걸어 나오자 환호로 변해 버렸다.

삼열은 마운드로 나오다 중간에 멈춰 두 손을 위로 올리고 파워 업을 외치는 자세를 취했다. 그러자 1루에서 시작된 파워 업이 도미노처럼 번져 나갔다.

'티셔츠는 잘 팔리겠군.'

특히나 1루석 어린아이들이 입은 파워 업 티셔츠가 카메라에 자주 잡혔다. 그도 그럴 것이 같은 옷을 입은 100명의 아이들이 삼열이 나올 때마다 깡충깡충 뛰면서 응원하는 모습이 특이했기 때문이다.

4번 타자 안드레아가 나왔다. 그는 작년보다 올해 눈부신 활약을 하고 있었다. 그는 작년에 다저스와 계약 연장에 성공했다. 5년 동안 8,500만 달러에 6년째는 옵션이 걸려 있지만 타격이 어느 정도만 유지되면 자동으로 계약이 연장되기에 6년 1억 달러의 계약으로 봐도 무방했다.

계약이 체결되어 마음이 편해져서인지 그는 뛰어난 활약을 하고 있다. 다저스는 JK.뎀프와 8년 동안 1억 6천만 달러에 계약해서 공격력을 유지할 수 있게 되었지만 장기계약 선수가 증가하면서 팀의 부담으로 작용할 수도 있게 되었다.

세계 경제는 어려워져만 가는데 메이저리그에서는 마치 남의 일이라는 듯 연일 더 많은 계약금을 받는 선수들이 쏟아져 나왔다. 미국 13개의 도시가 파산함에 따라 장기 계약이 구단에게 독이 든 성배가 될 확률도 커져 갔다.

캘리포니아의 스탁턴, 매머드 레이크, 샌버나디노, 세 개 도시가 연방 정부에 파산 신청을 하였고 이는 다저스의 관중이 줄어들 확률이 그만큼 증가했다는 뜻이기도 했다.

특히나 LA시는 파산 경고를 이미 받은 상태였다. 주지사는 반드시 파산을 막겠다는 의지를 보이고 있지만 막기에는 역부

족으로 보였다.

이에 반해 시카고 컵스는 존스타인 단장이 오고 나서부터 착실하게 팜을 관리하면서 꾸준하게 재정지출을 줄여왔다. 특히 제4 선발인 삼열이 불과 48만 달러를 받으며 팀의 에이스 역할을 해주고 있으니 다저스와는 상황이 완전히 달랐다.

존 마크 대신 놀라운 성적을 내주고 있는 헨리 아더스도 메이저리그 첫해이니 존스타인의 노림수는 성공했다고 평가해도 좋았다.

안드레아는 타석에 서서 괴물 투수를 바라보았다. 그는 자신이 없었다. 공이 날아오면 힘껏 배트를 휘둘렀지만 소용없는 짓이었다.

'젠장, 빌어먹을.'

그는 타석에 서서 발로 땅을 파 지지대를 세웠다. 공이 눈에 들어와 힘껏 배트를 휘두르니 맞아 2루 쪽으로 굴러갔다. 로버트가 자기에게 굴러오는 공을 이게 웬 횡재냐는 표정으로 재빨리 잡아 1루로 던졌다.

"젠장!"

저절로 욕이 나오는 것을 안드레는 카메라를 피해 고개를 숙이고 중얼거렸다. 그는 잠시 마운드에 눈길을 줬다. 그러자 암담한 감정이 그의 가슴을 채웠다.

오늘은 안타 치기가 낙타가 바늘구멍으로 통과하는 것만큼이나 어려울 것이라는 예상이 들었다.

다음 타자인 리베리는 싱겁게 삼구 삼진으로 물러났다. 제임스 쿤도 4구 만에 삼진에 공수가 교대되었다.

삼열은 틈만 나면 파워 업을 외쳤다. 자연 카메라의 앵글은 그를 한 번 비추고 1루에 있는 아이들을 다시 비추었다.

투수전이 계속되었다. 빌리브 쇼가 나와 다시 삼자 범퇴를 시켰고 삼열은 3회 초를 두 개의 삼진을 잡으며 막아냈다.

3회 말이 되어 빌리브 쇼가 다시 마운드에 섰다. 저녁의 시원한 바람이 그의 뺨을 간질이며 지나갔다.

오늘은 야구하기 좋은 날씨다. 게다가 바람은 홈 플레이트 쪽으로 불어 안타를 맞아도 장타가 될 가능성이 아주 작게나마 낮아졌다.

스티브 칼스버그가 배트를 몇 번 휘둘러보고 타석에 들어섰다. 마침 빌리브 쇼도 네 개의 연습구를 던지고 경기를 시작할 준비를 마쳤다.

스티브는 정면으로 날아오는 공을 보고 힘껏 배트를 휘둘렀다. 하지만 공은 배트가 나가는 순간 옆으로 크게 휘어져 들어왔다.

펑.

"스트라이크."

스티브는 슬라이더에 속은 것을 깨닫고 입술을 깨물었다. 상대 투수는 메이저리그에서 가장 구위가 좋다는 좌완 투수. 쉽게 생각하면 당한다는 생각에 더욱 타격에 집중했다.

스티브는 느린 변화구가 날아오자 한 템포 늦춰 겨우 배트를 휘둘렀다. 덕분에 안타가 되었다. 2루수의 키를 넘기는 깔끔한 안타.

8번 타자 존 레이가 내야 땅볼을 치고 아웃되는 사이 스티브는 2루로 진루했다.

삼열은 순간적으로 고민이 되었다. 이제 타격에는 신경을 쓰지 않겠다는 결심을 했지만, 상대 투수의 공이 너무나 좋다 보니 그런 그의 결심은 봄눈 녹듯 스러졌다.

'젠장. 내가 타자야, 아니면 투수야?'

삼열은 자기 앞에 스티브가 2루로 나간 것이 아주 조금 원망스러웠지만 사이 영을 따라잡으려면 어쩔 수 없이 승리 투수가 되어야 한다. 그의 탐욕스러운 목표 앞에 조금 전의 불평은 힘을 발휘하지 못했다.

삼열은 6구 끝에 2루타를 쳤다. 스티브 칼스버그가 홈으로 들어와 동료들의 환영을 받았다. 삼열이 보호 장비를 해체하는 동안 경기는 잠시 중단되었다.

그사이 리글리 필드는 파워 업으로 메아리쳤다. 웃긴 것은 3루의 다저스 팬들도 이 외침에 동참했다는 것이다. 컵스의 팬은 될 수 없어도 삼열의 팬은 기꺼이 되겠다는 의도였다. 105마일을 던지는 괴물을 지지하지 않으면 누구를 지지한단 말인가.

빅토르 영이 2루에 있는 삼열을 보고 살짝 손을 흔들며 타석으로 들어섰다. 삼열도 마주 손을 가볍게 흔들었다. 발이 빠른 삼열이 2루에 있으니 2루수는 베이스 근처를 떠나지 못하고 있었다.

삼열은 2루의 베이스를 밟고 이렇게 야구를 한다는 것에 대해 새삼 의미를 달아보았다.

'야구는 내게 뭐지?'

하지만 대답은 들려오지 않았다. 야구는 그에게 공기 같았다. 심장이 뛰는 동안 공기를 들이마시는 행위를 벗어날 수 없는 것처럼 뛰지 못할 때까지 뛸 것이다.

시간이 지나면서 리글리 필드는 점점 뜨거워지고 있었다. 마치 광기처럼 흥분이 관중석 사이에 번졌다. 아마도 그것은 그동안 삼열을 욕했던 미안함 때문이었는지도 몰랐다.

그를 비난하고 욕한 후에 컵스는 무기력했다. 이전처럼 재미있지도 않았고 활력도 없었다. 그런데 악동이 다시 돌아왔다. 천사의 얼굴을 가장하고 온갖 무책임한 말을 거침없이 내뱉으면서도 아이들의 절대적인 지지를 받는 삼열의 재등장은 그들의 마음을 뜨겁게 달궜다.

"우승이요? 그게 뭐죠? 난 투수니까 단지 던질 뿐입니다. 그런 것은 타자들에게 물어보세요."

"젠장, 내가 무슨 타자입니까? 다음부터는 그대로 서서 삼진을 당할 겁니다."

"뭐, 기회가 오면 칠지도 모르죠. 상대 팀에게 꼭 감자를 먹여야 할 타이밍이면 저도 어쩔 수 없겠죠. 난 이기적인 놈이니까요."

그동안 삼열이 안타를 치고 나서 인터뷰 때마다 한 말들이었다. 보고 있으면 얄밉고 없으면 섭섭한, 그런 캐릭터였다. 옆에 있으면 약간의 짜증도 나지만 없으면 너무나 허전해서 그리워하게 되는 그런.

삼열은 2루에서 세 발짝 떨어져 마치 뛸 듯한 자세를 취했다. 무게 중심은 뒷발에 두었지만 자세는 앞에 둔 것처럼 보여 포수가 움찔 놀라며 견제를 했다. 덕분에 빅토르 영은 유리한 볼카운트에서 안타를 칠 수 있었다.

3루를 돌려는데 주루 코치인 마샬이 그를 말렸다. 흘깃 보니 외야수가 2루수에게 공을 던졌다. 뛰어도 홈에서 접전을 벌일 수 있을 것 같았지만 저번에 워낙 삼열이 일을 크게 벌인 바람에 자제를 시킨 것 같았다.

샌프란시스코 자이언츠의 포수 베일 포즈는 삼열에게 사타구니를 가격당하여 3일 동안 경기에 참가하지 못했었다. 들리는 말로는 아마 한동안 여자와 잠자리도 하지 못하게 될 거라고도 했다.

다행히 알이 터지거나 하지는 않은 모양이었다. 모두 보호대 덕분이었다. 국부 보호대는 포수와 내야진은 모두 필히 한다. 시합 중에 선수들이 움찔거리며 손을 거기에 대는 시도를 하는 것은 보호대에 팬티가 쓸려 들어가 불편해졌기 때문이다.

내야 선수들과 달리 외야 수비진은 그런 것을 하지 않는다. 강습 안타로 사타구니를 맞을 일도 없을뿐더러 빠르게 뛰어 공을 잡아야 하는 외야수들로서는 전혀 불필요한 것이기 때문이다.

다음 타석에 스트롱 케인이 나와 외야 플라이볼을 쳤고 삼열은 홈을 밟았다. 하지만 삼열은 마운드에서 씁쓸한 미소를 짓는 빌리브 쇼를 보며 묘한 동류의식을 느꼈다.

빌리브 쇼는 인생은 야구와 같다는 말이 갑자기 생각났다. 패하지 않는 투수는 없고 좋지 않은 기록을 숨길 수도 없다. 그는 차분하게 다음 타자들을 처리했다. 공을 던지면서 흐트러진 마음을 다잡았다.

그는 땅을 바라보다 고개를 들었다. 2점을 먼저 내준 오늘은 졌다고 말해도 좋을 정도로 상대방 투수의 구위가 좋았다. 상대 투수는 자신에게는 없는 막강한 강속구를 가지고 있었다. 그러면서도 동시에 정교한 제구를 가졌다. 강속구의 투수들은 흔히 제구력에 애를 먹는다는데 그에게는 적용되지 않는 듯 보였다.

아직은 여전히 승부욕이 꺼지지 않고 활활 타오르고 있었지만 결과는 낙관하기 힘들었다. 빌리브 쇼는 4회를 마치고 마운드에서 내려와 더그아웃으로 들어갔다.

"힘들군."

그의 말을 옆에 있던 JK.뎀프가 웃으며 받았다.

"덕분에 피가 뜨거워지잖아."

빌리브 쇼는 그의 말에 동의하며 그를 지나쳐 자신의 자리로 가서 앉았다.

삼열은 마운드에 서서 4번 타자 안드레아를 바라보았다. 잔뜩 몸을 움츠리면서 몸의 근육을 최대한 긴장시키는 것이 마운드에서도 느껴졌다. 눈이 좋은 그는 마운드에서 타석까지의 18.44m 거리가 아주 잘 보였다.

삼열은 상대 타자가 노리고 있는 것을 보고 외곽으로 공을 하나 빼서 던졌다. 그러자 티지기 급하게 배트를 휘둘렀다.

펑.

"스트라이크."

마운드에 자주 서다 보니 이제는 타자가 무슨 구질의 공을 노리는지는 몰라도 공을 기다리려고 하는지 아니면 치려고 하는지는 확연하게 보였다. 노리고 있으면 유인구에도 잘 따라 나오는 반면 기다리는 타자들은 꽉 찬 공도 그냥 흘려보내는 경향이 강했다.

초구에 스트라이크를 많이 잡은 투수는 유리하게 게임을 이끌어갈 수 있고 보다 공격적인 피칭을 할 수 있게 된다. 자연 시합에서 그날 던지는 투구 수가 줄어든다. 반면 초구에 볼이 많아지게 되면 수동적인 경기를 하게 된다.

투수와 타자는 마치 시소게임을 하는 것과 같다. 투수가 공격적인 피칭을 하면 타자가 안 따라올 수 없다. 따라오지 않으면 그 자리에서 삼진을 당하기 때문이다.

투수가 그날 공격적으로 공을 던지면 경기 시간이 짧아져 수비하는 선수들의 피로도가 줄어든다. 그래서 메이저리그의 특급 투수들은 대부분 공격적인 피칭을 한다. 수동적인 피칭으로는 정상급의 투수가 결코 될 수 없기 때문이다.

삼열은 오늘 필연적으로 자신이 오랜 이닝을 던져야 함을 알았다. 그동안 20경기를 치르면서 투수들은 여전히 5인 로테이션을 지켰지만 삼열이 빠져 불펜진의 피로도가 엄청나게 높아진 상태였다. 삼열 대신 선발로 나선 투수가 조기에 무너지는 경우가 많아서 중간 계투들이 혹사를 당했다.

'9회까지 쭉 던져 주마!'

삼열은 힘을 빼고 공을 던졌다. 오른 팔목의 힘이 증가해서 공은 힘 있게 날아갔다. 힘을 주고 던지면 근육이 긴장하여 오히려 제구가 안 되는 경향이 있다. 삼열은 1, 2점은 언제든지 내줘도 된다고 생각했다. 실점을 안 하는 투수는 세상에 존재하지 않으니까.

부끄러운 것은 선수로서 진보하지 못하는 것이지, 패전 투수가 되는 것은 아니다. 크리스티 매튜슨의 말처럼 선수는 패배로부터 모든 것을 배울 수 있기 때문이다.

승리 투수가 되면 왜 자신이 승리하게 되었는지를 지나치게 되지만 패전하게 되면 왜 패했는지를 면밀하게 고찰하게 된다. 그러니 패배를 부끄러워하는 것이야말로 선수가 부끄러워해야 할 일이다.

딱.

2루수 로버트가 자신 앞에 굴러온 공을 재빨리 잡았으나 글러브에서 공을 빼낼 때 더듬는 바람에 안드레아가 1루로 진루했다. 로버트는 얼굴을 붉히며 은근히 삼열의 눈치를 살폈다.

그러니 심열은 조금도 흔들리지 않고 다음 5번 타자에게 공을 던졌다.

딱.

공이 2루를 지나 중견수가 백업했다. 무사 1, 2루였다. 삼열이 타임을 부른 후 손짓하자 로버트는 한 대 맞을 각오를 하고 다가갔다. 그래도 설마 또 때리기야 하겠어, 하는데 삼열이 말했다.

"야, 이 오징어가 섹스하는 소리 지르는 놈아. 제대로 못 해?"

"…오징어가 뭐?"

"긴장하지 말라고. 점수 그까짓 거 내줘도 괜찮아. 힘 빼, 어깨에서."

"어, 알았어."

삼열은 그의 엉덩이를 발로 걷어찼다. 그가 슬쩍 피하며 자신의 자리로 돌아갔다. 평상시 거미줄 수비를 하던 로버트는 잠시 흔들렸다가 삼열의 말에 마음을 다잡을 수 있었다. 그의 구부정한 다리와 유난히 긴 팔이 오늘따라 더 커 보였다.

제임스 쿤은 긴장하며 타석에 들어섰다. 온몸의 세포가 곤두서는 것 같았다. 그리고 이런 중요한 시간에 자신에게 기회가 온 것을 감사하게 생각하며 투수를 노려보았다.

그러자 공이 날아왔다. 펑 하는 소리와 함께 공이 미트에 꽂혔다. 다시 마운드에서 불같은 공이 뿌려지고 있었다.

제임스 쿤은 생각했다. 모든 공을 노려서는 힘들다. 그렇다고 변화구가 쉬운 것은 아니지만 다음 투구로 변화구가 올 것을 대비했다. 역시나 공이 날카롭게 휘어져 들어왔다. 제임스 쿤은 재빠르게 배트를 휘둘렀다. 어깨에 힘을 빼고 가능한 가장 유연하게 스윙을 했다.

딱.

공이 중견수 앞에 떨어졌다. 레리 핀처가 공을 잡아 2루로 던지자 안드레아가 홈으로 들어올 수 있었다.

삼열은 피식 웃었다. 감이 이상했는데 그동안 강속구 다음에는 변화구의 공을 던지는 공식을 따르다 보니 상대 타자의 노림수에 당한 것이다. 이는 상대 팀 선수들이 자신의 투구 패턴을 파악했다는 뜻이었다.

삼열은 미소를 지으며 새로 타석에 들어서는 타자를 물끄러미 바라보았다. 삼열의 방어율은 지난 경기에서 3실점을 하는 바람에 1.0으로 올라갔다. 그래도 여전히 메이저리그 전체 방어율 1위다. 2위는 7승 1패 방어율 2.11의 라이언 호크다.

다음 타자를 상대로 삼열은 병살 플레이로 아웃 카운트 두 개를 가볍게 잡고 7번 타자는 삼진으로 돌려세웠다.

4회를 마치고 나오자 로버트가 삼열의 어깨를 치며 미안한 표정을 시었다.

"괜찮아. 난 이미 내 연봉값을 다 해서. 뭐, 그동안 놀았으니 최소한 9이닝은 책임져야겠지."

"와우, 너 이제 사람 되었구나."

"이게 맞으려고."

"하하, 몇 대 정도는 맞아줄게."

"너, 카메라가 우리 찍고 있는 거 알고서 하는 말이지?"

"어? 어떻게 알았지?"

로버트가 원더풀 스카이의 로고가 새겨진 카메라가 더그아웃으로 돌려진 것을 보고 말했다. 삼열은 주먹으로 감자를 아주 작게 만들어 먹여주고는 자리에 앉아 눈을 감았다. 상대 투수가 어떻게 던지든 알 바 아니었다. 그것은 그 투수의 문제다.

삼열은 아까의 장면을 떠올렸다. 장면 하나하나가 되감기를 하듯 선명했다.

결론은 자신이 방심한 것도 있지만 상대 타자가 훌륭하게 공을 친 것이었다. 그러면 어쩔 수가 없는 법이다.

삼열은 마음을 차분하게 다스렸다. 눈을 감으면 세상과 단절된다. 오직 내면에 있는 자아만이 그에게 속삭이듯 말을 걸 수 있게 된다.

왜 수도사들이 눈을 감고 사색을 하는지 알 것 같았다. 눈을 닫으면 세상의 근심과 염려는 사라지고 오직 자신의 양심만이 그에게 정의로운 말을 할 수 있게 된다.

하지만 눈을 뜨면 온갖 종류의 말과 행동을 봐야 한다. 자연 생각은 늘어나고 행동의 지침들이 뒤죽박죽되기 십상이다. 따라서 꼭 해야 하는 일의 우선순위가 뒤로 밀리고 중요한 일도 자주 잊어버리곤 한다.

그제야 삼열은 왜 전설적인 선수들의 삶이 그토록 단순했는지를 알 수 있게 되었다. 단순한 삶은 그 사람이 가진 에너지를 한곳으로 모을 수 있게 해준다. 야구를 통하여 행복을 느낄 수 있다면 삼열도 그들처럼 할 수 있을 것 같았다.

6회까지 두 팀은 더 이상의 실점을 허락하지 않았다. 삼열은 타자들을 강속구로 꽁꽁 묶었고 빌리브 쇼 역시 노련한 경기 운영으로 더 이상의 실점을 허락하지 않았다.

그러나 7회 말에 빌리브 쇼는 다시 1점을 실점하고 물러났다. 그로서는 퀄리티 스타트를 하였으니 선발 투수로서의 제 역할을 다한 것이다. 다만 다저스의 강타선은 삼열의 강속구 앞에 힘을 제대로 쓰지 못했다. 시카고 컵스의 타선은 빌리브 쇼를 상대로 3점이나 뽑았으니 그런대로 선전을 벌였다고 볼 수 있었다.

경기는 결국 3 : 1로 끝나고 말았다. 삼열이 마운드에서 내려오자 박수와 함께 파워 업 소리가 리글리 필드를 가득 채웠다.

그러나 오늘의 승리자는 파워 업 티셔츠였다. 시카고 컵스의 지역 방송을 통해 100명의 어린이가 예쁘고 깜찍한 옷을 입고 응원하는 모습이 여과 없이 그대로 화면에 잡혔기 때문이다.

삼열은 그런대로 만족했다. 9이닝 1실점으로 완투승을 거둔 것이다. 이로써 삼열의 전적은 7승 1패가 되었다.

"축하해."

"고마워!"

선수들이 삼열의 승리를 축하해 주었다. 그의 승리이면서 동시에 컵스의 승리였다.

야간 조명이 그라운드를 비추고 있었다. 삼열은 서서히 마운드로 걸어가 하늘을 바라보았다. 이제 7승, 사이 영의 511승에 겨우 7승을 따라잡았을 뿐이다. 하지만 이기고 있는 것이 중요했다. 사이 영은 단지 삼열의 목표다. 그것은 삶의 과정이며 더 나은 삶을 살기 위한 하나의 지침일 뿐이다.

"나는 위대한 7승을 거두었다. 앞으로 곧 60승을 거둘 것이고 마침내 512승을 거둘 것이다."

그는 예언자처럼 말했으나 사실 사이 영의 승수를 뛰어넘

지 않아도 좋았다. 그것은 단지 목표일 뿐이니까. 행복한 삶을
살기 위한 과정으로서의 이정표다.

컵스는 다시 즐거워졌다.

컵스의 다른 선수들이 나와도 파워 업을 외치지만 삼열이
나오면 팬들은 더욱 신이 났다. 삼열에게는 다른 선수가 가지
지 못한 유쾌함이 있다. 컵스의 팬들은 그런 삼열을 좋아했으
며 그의 실력을 사랑했다.

2. 미카엘의 선물

경기가 끝나고 팀은 해산했다. 몇몇은 가볍게 술을 먹으러 클럽에 갔고 다른 사람들은 출출한 배를 채우러 레스토랑에 가기도 했다.

삼열은 뜨거운 열기가 식은 리글리 필드를 바라보았다. 이제 곧 그도 이 담쟁이덩굴이 아름다운 리글리 필드를 사랑하게 될 것이다. 아니, 이미 그렇게 되고 있음을 그는 느끼고 있었다.

주차장에서 차를 빼려는데 뒤에서 그림자 하나가 나타났다. 삼열은 긴장하며 뒤를 돌아보았다.

"행복해 보이는군."

"미카엘?"

"그래."

가벼워 보이는 옷을 입은 미카엘은 예의 그 부드러운 미소를 지었다.

삼열은 그에게 차 문을 열어주었다. 미카엘이 보조석에 앉았다.

"이 미개한 경기를 하기 위해 그 어려운 훈련을 했나?"

"어. 뛸 수 없는 사람은 뛰고 싶어 하잖아."

삼열은 만약 대광고에 축구부가 있었다면 축구를 했을 것이라는 말은 하지 않았다. 그것은 중요한 이야기가 아니다. 지금 야구를 하고 있는 것이 중요하고, 앞으로의 삶이 중요한 것이었다. 이는 미카엘도 이미 알고 있는 사실이었다.

"하룻밤 묵어갈 수 있나?"

"오늘?"

"그래."

미카엘이 가볍게 대답했다. 그것만으로 족했다.

삼열은 마리아에게 전화를 걸어 손님과 함께 집에 갈 것이라고 말했다.

10분 후에 현관문이 열리고 마리아가 환한 미소를 지으며 삼열과 미카엘을 맞이하였다.

"어서 오세요. 오늘 수고했어요, 자기."

마리아가 작은 소리로 그의 귓가에 속삭이듯 말했다. 미카엘은 말없이 그 모습을 바라보았다.

"좋군. 행복해 보여서."

"네, 모두 미카엘 덕분이야."

"내가 존재할 수 있는 것도 네 덕분이기도 하지. 좋은 냄새가 나는군."

"아, 서둘러 준비했어요. 맛있게 드세요."

"후후."

미카엘은 심유한 눈빛으로 삼열과 마리아를 바라보았다. 삼열의 몸속에는 불꽃의 씨앗이 완벽하게 자리를 잡고 있었다. 인간치고는 대단한 인내력을 가졌다고 그는 생각했다.

미카엘은 인간이 이렇게 빨리 자신의 잠재 능력을 개발할 수 있으리라고는 사실 생각하지 못했다.

불의 씨앗은 생명체의 잠재 능력을 최대치로 끌어올리는 것이다. 신성력과 고도의 과학으로 만들어진 것으로, 생명체는 아니나 생명력을 가진 존재였다.

그는 인간의 삶에 개입할 수 없다. 그리고 개입하고 싶지도 않았다. 다만 자신의 목숨을 살려준 미개한 종족인 인간이 2년 만에 이룬 진보를 믿을 수가 없어 다시 한 번 찾아왔다. 이번에 삼열과의 인연이 마무리되면 다시 이곳에 방문할 생각은 없었다.

미카엘은 음식을 먹으며 두 사람을 관찰했다. 여자가 남자를 무척이나 좋아하는 모양새다. 저렇게 따뜻한 눈으로 수컷을 보는 암컷은 그도 정말 오랜만에 본다.

"달링, 오늘 정말 멋졌어요."

"아니, 뭘요."

뻔뻔한 삼열조차도 마리아의 직설적인 칭찬에 어색한지 말을 흐렸다. 그런 그를 보며 마리아가 빙긋 웃었다.

"그런데 미카엘, 그쪽 일은 다 보고 온 거야?"

"대충은."

"아, 그럼 이번에는 오래 머물 수 있겠네."

"시간은 되지만 내가 그래야 할 이유는 없잖아."

"그렇긴 하지."

"너는 네 운명을 개척했고 네 속에 있는 것도 개화를 시작했으니 이제 너는 자유롭게 될 것이다. 그리고 네 속에 있는 꽃이 피고 열매가 열리면 넌 병에서 해방될 것이다."

"그게 정말이야?"

삼열은 자신도 모르게 몸을 덜덜 떨면서 미카엘에게 되물었다. 천형처럼 지울 수 없는 병이라고 생각했는데, 그 끝이 보인다는 말에 삼열은 말할 수 없는 환희를 느꼈다.

마리아는 저번에 미카엘을 한 번 보았을 때부터 범접할 수 없는 위엄 때문에 감히 말을 걸지 못했다. 그녀로서는 이해할 수 없는 일이었다. 이토록 강한 카리스마로 자신을 주눅이 들게 하는 사람이 있을 것이라고는 생각하지 못했기에 더욱 그러했다.

마리아가 잠시 자리를 비운 틈에 미카엘이 삼열에게 물었다.

"그녀와 짝짓기, 그 결혼이라는 것을 할 것인가?"

삼열은 고개를 끄덕였다. 마리아의 뒷모습을 바라보며 진심으로 그렇다고 말했다.

그러자 미카엘이 작은 수정을 꺼냈다. 저번에 준 수정은 붉은색이었던 반면 이번에는 청록색을 띤 아름다운 것이었다.

"와, 이게 뭐야? 굉장히 아름답네."

"뭐, 별거 아니야. 에너지의 결정체라고나 할까? 차원의 에너지를 축적하여 모은 것이지. 다만 각각의 색깔에 따라 작용하는 기능이 다르지. 붉은색이 치유와 잠재 능력의 개발이라면 이것은 여자들에게 좋은 것이다."

"여자들에게?"

"이것은 활력, 즉 생기의 에너지가 모인 것이지. 쉽게 말하면 늙지 않게 해준다고 할까? 이곳은 차원의 에너지가 적고 모으는 방법도 모르니끼 그 효과가 비비하셨지만 육체를 개발하면 조금은 나아지겠지."

"그게 무슨 말이야?"

"너처럼 죽어라 뛰면 활성화가 빨라지지."

"아아."

삼열은 금방 이해할 수 있었다. 그리고 왜 미카엘이 그토록 강한 훈련을 자신에게 요구했는지도 깨달았다.

활성화를 하는 방법을 모르니 무식한 방법을 쓴 것이지만 이는 어쩔 수 없는 일이다. 삼열은 인간이니까.

어느새 돌아와 자리에 앉은 마리아는 그 크고 현명한 눈을 동그랗게 뜨고 두 사람이 무슨 이야기를 하는지 귀를 쫑긋 세우고 듣고 있었다.

그녀는 삼열과 미카엘의 말을 이해할 수 없었다. 영민한 머리가 사물의 궁극을 따져 보자 이상한 것들이 마구 떠올랐다.

눈앞의 남자, 천사보다 더 아름답게 생긴 미카엘은 평범한 사람이 아닐 것이라는 생각이 들었다. 그렇지 않다면 차원의 에너지, 그리고 늙지 않는다는 말을 그렇게 쉽게 사용하지 못했을 것이다.

마리아는 자신이 그렇게 생각하는 것에 대해 당혹스러움을 느꼈지만 그렇다고 속마음을 들키고 싶지도 않았다. 그녀는 차분하게 삼열과 미카엘을 바라보았다. 그녀는 삼열의 선택이 무엇이든 그것에 따르리라고 생각했다.

미카엘은 시원한 맥주를 마시고 나서 정원 쪽을 바라보았다. 창밖은 이미 깊은 어둠에 잠겨 적막하였다.

저녁을 먹고 나서 거실 TV를 켜니 오늘 경기의 하이라이트가 나오고 있었다. 별다른 일 없이 지루한 투수전에 간혹 가다가 안타가 나오는 양상이었다.

"선물을 주지."

잠시 TV를 보던 미카엘이 일어나더니 마리아에게 다가가 청록색의 수정을 가슴에 집어넣었다.

마리아는 갑작스러운 미카엘의 행동에 당황했지만 몸 안에 시원한 기운이 지나가는 것 같자 짧게 감탄을 했다.

"아!"

그리고 그 기운은 머리에 스며들었다. 머리가 시원하고 청명해지며 놀랍도록 기분이 좋아졌다.

"고마워, 미카엘."

삼열이 마리아를 대신하여 고마움을 표시했다. 어쩐 일인지 마리아가 미카엘을 어려워하고 있었기 때문이다.

"그런데 나는 어디서 자지?"

"아, 어쩌지? 작은 방밖에 없는데."

"괜찮아. 동굴에서도 지냈는데, 뭐."

삼열은 그를 방으로 안내해 주고 되돌아가려고 했다. 그런 그를 미카엘이 붙잡았다.

"왜?"

"오늘 밤 섹스를 해."

"뭐……? 왜?"

"너에게 그게 좋아."

미카엘이 삼열의 가슴을 가리켰다. 그제야 삼열은 그가 왜 그런 말을 했는지 알 수 있었다.

마리아는 궁금한 것이 있었지만 묻지 못했다. 그녀의 이성으로 이해할 수 없는 일이었기에 조심스러워졌고, 결국은 침묵을 지켰다.

그렇다고 삼열이 마리아에게 속 시원하게 말해 줄 수도 없었다. 그것을 어떻게 설명한단 말인가. 미카엘이 날개를 펼쳐 보인다면야 쉽겠지만 그럴 수도 없었다. 겉모습은 인간과 완벽하게 똑같아 그가 인간과 다른 종족이라고 말해도 믿을 가능성이 별로 없고 말이다. 그래서 삼열은 머뭇거리며 말을 못 했다.

눈치가 빠른 그녀는 삼열에게 이 일에 관해 묻지 말아야 함을 깨달았다. 이 세상에는 말로 설명할 수 없는 많은 것들이 있음을 알고 있는 마리아였다.

그녀가 경험한 것이라고는 미카엘이 청록색의 수정을 자신의 가슴에 대자 기분이 상쾌해진 것밖에 없었다. 그러니 그것을 놓고 무슨 수상한 짓을 했냐고 따지기도 애매했다.

그리고 인간이 호기심에 이끌려 남의 비밀을 엿본 결과가 항상 좋지 않게 끝난다는 것도 알고 있었다. 신화에 나오는 판도라의 상자가 그렇지 않은가.

침대 머리맡에 놓인 고풍스럽고 귀여운 조명등의 흐릿한 빛이 어둠을 밝히자 마리아의 굴곡 있는 몸이 더 선명하게 보였다. 삼열은 그녀의 아름답고 고혹적이면서도 선정적인 허리와 다리를 보자 참지 못하고 달려들어 거칠게 애무를 했다.

마리아는 삼열의 품에 안겨 짜릿한 흥분을 즐겼다. 삼열이 달콤한 키스를 하자 정신의 퓨즈가 순간적으로 팍 꺼진 것 같은 짜릿함이 마리아의 척추를 타고 자르르 느껴졌다. 그의 손길을 따라 따스한 기운이 심장으로 파고들었다. 그럴 때마다 심장이 뜨거워지면서 정신을 차릴 수 없을 만큼 기분이 좋아졌다.

미카엘은 문틈을 통해 간간이 들려오는 소리를 들으며 피식 웃었다.

"나타나라."

그는 침대에 기대어 비스듬히 누워 있었다. 삼열의 손에서 나온, 요정을 닮은 작은 통신기가 어두운 방 안에서 벌어지는 일을 미카엘에게 여과 없이 보여주고 있었다.

"흠, 인간들은 짝짓기를 저렇게 하는 거였군."

미카엘이 손짓하자 홀로그램은 허공에서 사라졌다. 그에게는 암컷과 수컷의 짝짓기가 그다지 흥미롭지 못했다.

삼열은 움직임을 멈추며 나지막하게 한숨을 내쉬었다. 그러자 어둠 속에 있던 공기가 허파로 몰려들었다. 갑자기 몸이 나른해졌다. 그와 동시에 투명하고 청량한 기운이 그의 몸 안에 들어와 마구 돌아다니기 시작했다.

삼열은 눈을 감자마자 깊은 잠에 빠져들었다. 그러자 그의 심장에서 불꽃이 나와 마리아의 머리에 숨어 있던 청록색의 기운과 만나더니 하나로 엮이기 시작했다. 마리아도 삼열도 잠에 빠졌기에 자신들의 몸에 어떠한 변화가 생겼는지 알지 못했다.

*　　　　*　　　　*

다음 날 아침 삼열은 일찍 일어났다. 몸이 날아갈 듯 상쾌했다. 컨디션이야 늘 좋았지만 오늘은 유난스럽다고 할 만큼 더 좋았다. 삼열이 일어나 러닝머신을 하는데 미카엘이 나와 그의 어깨를 툭 쳤다.

"아, 미카엘. 잘 잤어?"

"하하. 나는 자지 않아도, 쉬지 않아도, 먹지 않아도 천 년은 버틸 수 있다."

"뭐, 그러시겠지."

"못 믿는군."

"못 믿을 이유는 없어."

둘 사이에 잠시 침묵이 내려앉았다. 서로 다른 세계에 사니 믿는다고 믿는 게 아니다.

아침을 먹고 마리아가 회사로 출근하자 삼열은 커피를 마시며 느긋하게 미카엘과 이야기를 나눴다.

그와 지냈던 지리산에서의 기억들이 떠올랐다. 그러자 지금보다 몇 배는 힘들었지만 행복했던 때였다. 기억이란 것은 시간이 지나면 왜곡되게 저장되는지 힘들고 어려웠던 것은 남지 않고 행복했던 추억만 남았다.

오전 열한 시쯤에 샘슨 사에서 전화가 왔다. 모두 세 군데에서 광고 제의가 들어와 오후에 회사에서 직원이 방문할 것이라고 했다.

삼열은 처음 찍는 광고라서 무척이나 기대되었다. 돈을 준다는데 마다할 그가 아니었다.

그 모습을 본 미카엘은 빙그레 웃었다. 원래부터 삼열이 논을 좋아하는 것을 그도 알고 있었다. 그때는 그럴 수밖에 없었던 것이 돈이 없어 하루하루를 사는 것이 고역이었을 때였다. 생활이 안 될 만큼 쪼들린 적도 많았다.

미카엘은 말없이 삼열을 바라보았다. 이 연약한 인간은 자신에게 몇 번이나 감동을 줬다. 무엇이 그를 이렇게 강하게 만드는지 궁금해지기도 했다.

정원에는 하얀 나비가 팔랑거리며 춤을 추고 바람은 나뭇잎 사이로 스치며 지나갔다. 이곳은 정말 서울과 비교하면 훨씬 여유로운 곳이다.

물가가 싸고 비싼 것을 떠나 사람들이 살아가는 모습이 달랐다. 가치관도 다르고 삶의 상황도 달랐다.

이곳 사람들은 대학에 꼭 진학하지도 않고 자신들이 원하는 것을 하고 산다. 18세가 되면 언제든지 부모를 떠날 준비를 하며 독립해서는 부모에게 생활비를 지원받지 않는다.

대학 등록금과 결혼 비용도 모두 자신의 능력으로 한다. 등록금의 경우는 부모가 일부 금액을 보조해 주기는 하지만 원칙적으로 부모의 도움을 기대하지 않는다.

그러니 한국처럼 늙은 부모가 자신이 살고 있는 아파트를 담보로 대출받아 자식들의 결혼 비용을 부담하는 일은 미국에서는 좀처럼 일어나지 않는다.

이렇듯 각자의 인생은 각자가 계획하니 보다 여유로운 사고를 할 수 있게 되는 것이다.

"나스닥에 있던 주식, 처분하지 않았지?"

"주식? 아~ 그거? 아직도 그대로 있는데."

"이 집은 비좁아서 당분간 호텔에 가 있어야겠다. 주식을
좀 처분해서 자금을 마련할 테니 그렇게 알도록."

"응, 그렇게 해. 어차피 미카엘의 돈이었잖아."

미카엘은 고개를 끄덕였다. 그는 삼열이 보기보다 정직한
인간이라고 예전부터 생각해 왔었다. 그래서 하위 종족이어
도 삼열에게 관심이 갔었는지 모른다.

다분히 도전적이며 직설적인 삼열의 비틀린 성격이 지금은
점차 제자리를 잡아가고 있었다.

미카엘의 눈에는 지금이 한결 여유롭고 행복해 보였다. 자
신과 인연이 닿은 인간이 잘 사는 모습을 보니 그도 기분이
좋아졌다.

그는 여덟 개의 날개를 가진 군단장급의 신분이고 적의 일
반 병사 1천 명을 혼자서 처리할 수 있을 정도로 막강한 실력
자이다.

그런 자신을 순간의 재치로 적들의 손에서 구해준 삼열에
게 몇 가지 혜택을 주는 것은 정말 사소한 일이다. 오히려 같
은 저울의 무게로 은혜와 원한을 갚으라는 종족의 율법에 의
하면 그에게 해준 것은 너무 적었다.

삼열이 인간이 아니었다면, 아니, 이렇게 하급 문화 출신이 아니라면 그는 지금보다 더욱 많은 보상을 얻었을 것이다.

"아참, 미카엘. 저번에 산에서 만든 그 안테나, 내가 연구해서 특허 내도 돼? 미카엘은 이곳 사람이 아니니까."

"흠, 그건 대충 만든 것인데. 내가 하나 다시 만들어주지. 너희 인간의 문화 수준에 맞게끔 아주 쉽게."

"아, 정말? 고마워."

"원리는 자세하게 설명해 놓겠지만 그것을 상품으로 만드는 것은 너의 노력 여하에 달렸어. 너는 인간치고는 매우 영리하니 쉽게 이해할 수 있을 거야."

"고마워."

미카엘은 점심을 먹자마자 삼열에게 은행 카드를 받아 나갔다.

나른한 오후의 햇살이 눈부시게 아름답게 쏟아지고 있었다. 마치 비처럼.

*   *   *

삼열이 약속 장소에 가니 그곳에는 이미 마리아가 나와 있었다.

"아, 마리아."

삼열은 반갑게 마리아의 이름을 불렀다. 마리아가 웃으며 삼열의 입에 가볍게 키스했다.

"샘슨 사에서 연락이 왔어요. 중요한 이야기라 나도 들어야 한다고. 아참, 그리고 달링."

마리아가 은근한 목소리로 삼열을 불렀다. 그녀의 이런 태도에 삼열은 긴장하였다. 여자들은 평상시와 다른 이야기를 할 때 이렇게 어조가 바뀌곤 한다.

"왜?"

"저기… 계약서에 내 몫이 있어요. 그거 알고 있으라고요."

"……?"

"자기 몫은 아니고, 샘슨 사와 미뉴에트 사에서 각자 자기들 몫에서 양보해 줘서 1%의 수익금이 내게 떨어져요."

"아, 정말 잘되었군."

"자기에게는 조금 미안하지만 당연한 결과이기도 해요. 내가 있으면 훨씬 일을 빠르게 진행할 수 있으니까. 말도 쉽게 통하고요."

삼열은 마리아가 수익을 가지게 된다는 말에 기분이 좋아졌다. 지난번 일을 도와줘서 미안한 마음이 있었는데 애인에게 대가를 지급하는 것도 그렇고 해서 이야기를 꺼낼까 말까 하다가 시간을 놓치고 말았다. 그런데 자신의 지분도 아니고 상대 회사들이 지분을 양보했다니 삼열로서는 더 바랄 것이 없었다.

아마도 두 회사는 마리아가 삼열의 애인이라 어지간한 일은 그녀가 독단적으로 처리할 수 있음을 알아차린 것 같았다. 그래서 자신들의 몫도 포기하고 그녀에게 호의를 베푼 것일 것이다.

사실 그녀가 중간에 나서서 문제를 삼으면 될 일도 안 된다는 것은 확실하다. 그리고 마리아가 하버드에서 법대를 잠시 다녔다는 것도 그 이유가 될 수 있다.

적당히 보험을 들어 놓는 장사꾼들의 특성상 지금은 미래 슈퍼스타의 애인에게 잘 보이려고 하는 것이었다.

삼열도 이제는 그녀가 자기를 도와도 미안해할 이유가 없어지자 마음이 한결 편해졌다.

마리아나의 일이 사람들에게 알려진 다음 '파워 업 티셔츠'는 날개 돋친 듯 팔려나가고 있었다. 힘을 내자는 단어는 인간의 삶 어디에나 유용한 문구니까.

삼열과 마리아가 낄낄거리며 농담을 주고받는데 조지 마이어가 들어왔다. 마침 마리아가 삼열의 입에 자신의 키스 마크를 새겨 넣고 있는 중이었다.

"아, 죄송합니다. 잠시 나갔다 오겠습니다."

"호호, 괜찮아요. 조금 늦으셔서 우리끼리 있으니 심심해서 장난친 거예요."

마리아가 웃으며 조지 마이어에게 말했다. 그는 헛기침을 한 번 하고는 의자에 앉았다.

"티셔츠의 판매량 집계가 아직 되지는 않았습니다만 정말 굉장한 반응입니다. 하하, 아마도 이익금이 연봉보다 많을 것 같습니다."

"많아야겠죠. 하나의 사업이니까요."

"그건 그렇죠. 오늘 제가 온 것은 세 개 기업체에서 광고 촬영 요청이 들어와서입니다. 먼저 하루 이상의 촬영 스케줄이 잡히는 것은 모두 제외했습니다."

"모두 몇 개나 들어왔었어요?"

마리아가 조지 마이어에게 물었다.

"열한 개 업체입니다. 그중에서 지명도 있는 회사가 여덟 개였고요. 조건이 까다로운 업체는 모두 제외했습니다."

조지 마이어의 말에 마리아가 고개를 끄덕였다. 그녀가 삼열의 애인이기는 해도 삼열의 공식적인 대행사는 샘슨 사였다.

그녀가 생각하기에도 샘슨 사는 삼열의 의견을 무척이나 중요하게 생각하고 어지간한 것은 모두 들어주고 있었다. 48만 달러의 연봉을 받는 선수로 보는 것이 아니라 미래에 천만 달러를 받을 투수로 보고 대우하고 있다.

그러니 마리아도 샘슨 사가 하는 일에는 별 이의가 없었다.

사실 오히려 고마웠다.

"한국 기업이 두 개이고 한 개는 늘 삼열 강 선수가 더그아웃에서 지겹게 보는 업체입니다."

"……?"

"일단 한국 기업은 삼영전자와 현영자동차입니다. 나머지 하나는 게토레이이고요."

"아!"

광고주가 어디든 삼열로서는 상관이 없었다. 아니, 첫 CF가 대기업인 것이 나중에 몸값을 높이는 데는 유리하다.

"세 기업 모두에 시즌 중이라 촬영 시간에 대해서는 양해를 구했습니다. 모두 동의를 얻은 회사들이고 게토레이만 다년 계약을 원하고 있습니다."

"다년 계약은 좀 그런데요."

"그렇기는 하지만 미국에서 방송되는 것이니 나쁘지 않습니다. 회사 이미지도 나쁘지 않고요. 그리고 광고라는 것도 한 번 방송을 타야 다른 회사들도 저 선수가 광고도 찍는구나, 하고 섭외하기 시작하니까요. 게토레이 정도 되면 첫 광고로 나쁘지 않습니다. 아마 게토레이도 그 점을 알고 다년 계약을 요구하는 것일 겁니다. 미리 투자하는 것이니 어느 정도 그에 대한 대가를 원하는 것이니까요."

"그렇군요.

삼열은 고개를 끄덕였다. 그는 계약금을 보고는 입을 다물지 못했다. 개별 회사마다 광고 계약금이 모두 5억이 넘었다.

조지 마이어가 삼열을 보며 미소를 지었다. 그러고는 친절하게 설명을 했다.

"저번에 노히트 노런의 기록과 20경기 출장 정지를 받게 된 동기가 밝혀지면서 몸값이 많이 올랐습니다."

"그렇군요. 그래도 간단한 CF 하나가 나의 1년 연봉보다 높군요."

"그렇다고 하더라도 야구 때문에 들어온 광고 계약이라는 사실은 변하지 않지요."

"그렇긴 하죠."

삼열은 자신이 영화배우도 아니고 잘생긴 얼굴도 아니라는 것을 잘 알고 있다. 그러니 자신이 야구 선수가 아니었다면 이런 제의 자체가 들어오지 않았을 것이라는 생각에 쉽게 동의했다.

예전에 박찬호 선수가 광고에 나온 다음 해당 제품이 효과를 많이 본 것을 기억하고는 재빨리 대기업들이 유망주인 삼열에게 광고 제의를 해온 것이다.

"시즌이 끝나면 광고 좀 찍어야겠네요."

"지금처럼만 활약하면 적어도 연말에 광고 제외기 백 개는 들어올 것입니다."

"잘 던져야 할 이유가 생겼군요. 어지간한 것은 다 잡아주세요."

"자기, 그러면 너무 많아져요. 이미지도 있고."

"맞습니다. 많이 찍는 것보다 괜찮은 것 한두 개만 찍는 것이 낫습니다. 마리아 씨의 말처럼 이미지도 생각해야 하고요."

"제가 이미지가 어디 있어요? 악동 이미지밖에 없는데."

"……."

"……."

삼열의 말에 마리아가 즉시 입을 다물었다. 조지 마이어도 난처한 표정을 지었다. 이렇게 직설적으로 자신의 이야기를 할 줄은 그도 몰랐던 일이다.

"끙. 여기에 계약서 초본입니다."

조지 마이어는 2부의 계약서를 삼열과 마리아에게 보여주었다. 삼열은 대충 훑어보고 마리아가 입을 열 때까지 기다렸다.

"나쁘지 않네요. 다만 몇 가지 고쳐야 할 작은 에러들이 있군요."

"그렇습니까?"

조지 마이어는 마리아가 예리하게 계약서의 내용을 지적하면 그것을 받아 적기 바빴다.

마리아는 조지 마이어에게 설명한 것을 다시 삼열에게 이야기해 주고 그렇게 바꾼 이유를 설명해 주었다.

삼열은 마리아가 설명해 주기 전까지 그 문구들이 그런 내용을 의미할 수도 있음을 처음으로 알았다. 역시 법은 코에 걸면 코걸이, 귀에 걸면 귀걸이였다.

삼열로서는 미국의 법을 몰라서 오해할 만한 것들이 많았다.

대체로 대행사가 법리적인 것을 검토하기에 결정적인 실수를 범할 일은 없지만, 그런데도 여전히 주의할 필요는 있었다.

"아, 그리고 아마 한국 야구 위원회에서 삼열 강 선수에게 내년에 있을 아시안 게임에 차출을 요청할 것 같은데 어떻게 하실 생각입니까?"

조지 마이어는 예민한 부분이라 선수의 의견을 물어봤다. 삼열은 생각할 것도 없이 대답했다.

"가야죠."

"하지만 시즌 중에 열리는 것이라 구단이 허락하지 않을 것입니다."

"갈 겁니다. 안 보내준다고 하면 내가 떠들 거라고 해주세요."

"떠든다니, 무슨······?"

"구단이 내 애국심을 막고 있다고요."

"커험."

조지 마이어는 기침을 터뜨리며 이마를 찌푸렸다. 미국이라는 나라는 애국심에 유독 민감하다. 팬들의 사랑을 많이 받고 있는 삼열이 그렇게 떠들면 아마 컵스는 또 한 번의 폭탄을 맞을 것이다.

삼열은 조지 마이어를 먼저 보내고 마리아와 이야기를 하려고 했다. 그런데 마리아의 눈이 하트로 변하더니 삼열을 지그시 바라보았다.

"달링, 아까 자기 나라인 한국을 위해 아시안 게임에 나간다는 말에 나 완전 감동했어요. 조국을 위해 일하는 것은 정말 고귀한 일이에요."

삼열은 마리아의 말에 괜히 마음이 불편해졌다. 말을 할까 말까 고민이 되었다.

'뭐, 내가 그렇지. 까발리자. 자수해서 평생을 편하게 살자.'

삼열은 자신의 이미지가 너무 좋게 마리아에게 설정되면 실망도 그만큼 빠를 것이라는 생각에 미리 자수하기로 했다. 아니면 평생 어울리지 않는 옷을 입고 마리아 앞에서 잘난 체를 해야 한다.

"저, 마리아. 그게……."

"네에."

다정하고 달콤한 마리아의 목소리가 삼열을 더욱 망설이게 만들었다.

"여기 호텔인데 좀 더 이야기하고 가도 돼?"

마리아는 삼열의 말이 무슨 의미인지 알고는 행복한 표정으로 고개를 끄덕였다.

"물론이죠. 난 언제든 좋아요."

"아, 여기 있어. 방 하나 잡고 올게."

삼열은 고민이었다. 이전에는 몰랐는데 점점 자신을 바라보는 마리아의 표정이 다정해지고 존경심이 짙어질수록 마음이 거북해졌다.

다정한 것이야 더할 나위 없이 좋았다. 하지만 존경은 아니었다.

존경이라는 것을 애인 사이이기 때문에 또는 사랑하기 때문에 받으면 곤란했다. 자신은 마리아가 생각하는 그런 사람이 결코 아니기 때문이다. 나쁜 놈도 아니지만, 그렇다고 좋은 놈은 더더구나 아니었다.

객실에 들어가 삼열은 어떻게 마리아에게 자신의 본모습을 어떻게 밝힐까 걱정했다. 사실 그런 대우를 받는 게 나쁘지는 않다. 은근히 중독도 되고 남자로서 굉장히 기분도 좋았다. 하지만 그런 상태로 계속 쭉 가는 것은 위험한 일이었다.

"저기……."

"아, 자기."

마리아는 삼열의 말을 듣지도 않고 키스를 마구 해왔다. 마구 몸을 더듬는 마리아의 손길에 삼열은 자신이 무엇을 하러 객실로 왔는지도 잊어버리고 움직이기 시작했다.

사랑을 나누고 나니 시원한 기운이 올라오는 것이 또다시 느껴졌고 졸음이 갑자기 쏟아졌다. 오늘은 안 자고 버텨보려고 했지만 그 기운이 머리로 가는 순간 기절하듯이 잠에 빠지고 말았다.

삼열은 두 시간 후에 깨어났다. 그때까지 마리아는 깨어나지 못하고 있었다.

'잘도 자네.'

삼열은 이렇게 아름다운 여자가 자신에게 빠져 사랑을 속삭이는 것이 꿈만 같았다. 이 여자는 천사처럼 아름답다. 그리고 그 무엇보다 마음이 그러했다.

삼열은 일어나서 거울에 자신의 모습을 비춰보았다.

운동으로 다져진 몸은 조각 같았고 딱 벌어진 어깨는 자신이 보아도 멋있었다. 큰 키는 미국인들 사이에서도 위축될 이유가 전혀 없었다. 게다가 가운데 달린 남성은 별로 크지도 않은 주제에 아무 때나 잔뜩 성을 내며 자신의 존재감을 확인시켜 주곤 했다.

육체의 스펙으로 따지면 얼굴이 조금 딸린다는 것 외에는 마리아의 애인으로 부족함이 없어 보였다. 그런데 머리에 든 것이 문제였다. 아무리 천재라 해도 그는 고등학교만 졸업한 상태였고 대학도 몇 달 다니다가 말았다.

인격을 수양할 시간과 교양을 채울 여유가 없었다. 루게릭병이 어느 정도 극복되면서 바로 야구를 시작했기 때문이다.

그리고 그 후 모든 힘과 노력을 다해 메이저리그로 왔기에 인격을 다듬을 시간이 없었다. 그런데도 이런 모습을 좋아해 주는 마리아에게 한없는 고마움을 느꼈다.

삼열이 생각에 잠겨있는데 마리아가 언제 일어났는지 살며시 다가와 등 뒤에서 껴안았다.

"왜, 왜 그래?"

"너무 사랑스러워서, 그리고 너무 좋아서요. 내 거라고 확인 도장 찍은 거예요."

"그런 건 남자인 내가 해야지."

"아, 맞다. 그럼 이제 자기가 찍어요."

"아니, 둘 중의 누가 하면 어때."

마리아가 삼열에게 기대어왔다. 그녀의 피부에서 느껴지는 따뜻한 감촉이 살아 있음을 느끼게 해주었다. 마음이 여유로워진다.

"자, 이제 이야기해 봐요."

"어, 알고 있었어?"

"여기서 집까지는 차로 20분도 안 걸려요. 우리가 처음 만난 것도 아니고 한집에 사는데 굳이 호텔을 이용하자고 한 이유가 있었겠죠. 아닌가요, 자기?"

"마리아, 저번에도 말했듯이 난 당신이 생각하는 것처럼 그렇게 좋은 사람이 아니야. 하지만 노력은 하고 있어."

"알아요, 달링. 당신은 부족한 면은 있을지 몰라도 매우 훌륭한 사람이에요."

마리아의 이 말에 삼열은 더 기다리면 안 되겠다고 생각했다.

"마리아, 나… 애국심 같은 거 없어요."

"뭐… 엥?"

마리아는 깜짝 놀라 삼열의 얼굴을 바라보다가 자신이 실수한 것을 깨닫고는 당황한 표정을 지었다.

"나 속물인 거 알죠?"

"……."

"나 애국심 때문에 아시안 게임에 나가려는 거 아니야."

"그럼요? 아시안 게임이 벌어지는 그 기간에는 메이저리그 시즌 중이잖아요."

"그렇긴 하지만 그때도 난 컵스로부터 내 실력에 대한 정당한 대우를 받고 있지 못해. 그리고 내가 원했던 팀도 아니었고."

"……?"

삼열은 마리아의 얼굴을 보고 체념한 듯 한마디 했다.

"그래 맞아. 그놈의 돈 때문이야."

"뭐라고요?"

"돈. 봐요, 한국에서 광고 제의가 두 개나 들어왔잖아. 앞으로는 더 많은 돈이 들어오겠죠."

"하지만 미국에는 더 큰 회사들이 많아요."

"알아. 하지만 미국 사람들이 나보다 더 좋아하는 선수들은 따로 있어. 이런 말을 해서 미안하지만 백인들은 아시아 사람들을 싫어하잖아. 대책 없이 인구만 많고 앞으로의 식량난과 자원난이 아시아 때문에 일어날 거라고 생각을 하잖아. 먼저 해먹은 주제에. 온 세상을 식민지로 만들어 약탈한 놈들이 누굴 바보로 아나. 이 모든 위기가 유럽의 백인들에게서 비롯된 것임을 누가 모를까 봐? 그리고 미국도 책임이 없다고는 말 못 하지."

삼열의 말에 마리아가 웃으며 말했다.

"그래서요?"

"그래서 미국 기업은 굳이 나를 광고 모델로 쓸 이유가 없다는 말이야. 반면 한국은 그렇지 않아. 예전에 박찬호 선수가 메이저리그에서 뛰었을 당시 우리 국민들이 그를 엄청 많이 좋아했었거든. 광고도 많이 찍고."

"그런데요?"

"뭐, 그렇다는 거지. 힘들게 공 던지는 것도 나름 재미는 있지만 광고 몇 개 찍으면 그 돈보다 더 큰돈을 벌 수도 있다는 말이야."

마리아는 입을 벌리고는 뻐끔거렸다. 말을 하려고 했지만 생각나는 말이 없었다. 그 모습을 보고 삼열은 괜히 이야기했다는 생각을 했다. 한참 후에야 마리아가 입을 열었다.

"좀 놀랐어요. 하지만 그게 나쁜 것은 아니잖아요. 나도 돈이 싫지는 않아요. 하지만 정의롭게 사는 것, 자기 조국을 위해 일하는 것은 고귀한 행동이라고 생각해요."

"그, 그렇지. 이제는 머리 너무 굴리지 않고 마리아가 원하는 것도 몇 개는 해볼게."

"그래요. 그럼 된 거예요. 난 자기가 굉장한 업적을 이뤄내서 사랑하는 것이 아니에요. 난 단지 당신을 사랑할 뿐이에요. 당신이 지금보다 더 나빠져도 변함없이 사랑하고 있을 거예요. 믿어줘요, 자기."

삼열은 자기도 모르게 눈물이 찔끔 났다. 이런 사랑을 받고 있다니 너무나 고마운 마음에 마리아를 와락 껴안았다. 따뜻한 체온이 서로가 사랑하고 있음을 확인시켜 주는 듯했다.

"그런데 자기, 우리 너무 안 싸우는 거 아니야? 마리아가 너무 내게 잘해줘서 고맙기는 하지만."

"어머, 우리가 싸울 일이 뭐 있겠어요?"

마리아가 환하게 웃었다. 그 미소가 삼열은 왠지 걸렸다.

'당신이 좀 더 성장하면 나도 화를 낼게요. 지금도 멋지지만 자기 성질이 불같은데 내가 어떻게 화를 내요.'

마리아는 삼열 앞에서 행복한 미소를 지으며 생각했다. 그런 날이 과연 올까 하고. 그래도 삼열은 정말 멋진 남자다.

그것만은 그녀에게 변함없는 사실이었다.

*　　　　*　　　　*

삼열이 광고를 찍는 일정을 샘슨 사가 해당 업체와 짜는 동안—촬영 일정이라 해봤자 거의 한나절 분량이었고 나머지 영상은 원더풀 스카이가 제공하기로 했다—6월이 되어 인터 리그가 시작되었다.

삼열은 인터 리그 중간에 레드삭스와 경기가 있다는 소리를 듣고는 심장이 벌렁거렸다. 그리고 주먹에 저절로 힘이 들어갔다.

이것이야말로 그가 원하는 복수를 할 최상의 타이밍이 아닌가?

인터리그 첫해부터 레드삭스와 경기 일정이 있으니 그로서는 엄청나게 흥분이 되었다.

일정을 살펴보고 선수 로테이션을 보니 다행히 자신이 한 경기는 뛸 수 있을 것 같았다. 세 경기 중 한 경기는 확률적으로도 어렵지 않으니까.

삼열은 구단 사무실로 가서 베일 카르도 감독에게 면회 신청을 했다. 요청은 곧 받아들여져 그는 감독을 만날 수 있었다.

베일 카르도는 이 악동이 또 무슨 일로 자신을 만나러 왔나 의아한 표정을 지었다. 평소에는 자신이 조금만 다가가도 도망을 다니던 그였기에 더 궁금했다.

"자네 뭔가?"

감독은 삼열에게 조심스럽게 물었다. 현재 팀 내 공헌도가 가장 높은 선수를 뽑으라면 바로 삼열이었다. 그런데 성질이 더러운 것으로도 가장 윗줄이었다.

"저, 다음 주부터 치르게 되는 레드삭스와의 경기 말입니다."

"응? 그게 왜?"

감독은 더 조심스럽게 되물었다.

연봉은 48만 달러에 지나지 않으나 메이저리그 1위 투수가 바로 눈앞의 삼열이다. 어리다고 함부로 대할 수가 없다. 게다가 입은 왜 그렇게 싼지 툭하면 인터뷰에 까발려서 구단을 곤란하게 만든 적이 한두 번이 아니었다.

그렇다고 인터뷰를 못 하게 말릴 수도 없다. 팬들이 얼마나 그를 좋아하는지 도저히 막을 엄두가 나지 않았다. 그래서 삼열이 사건을 터뜨리면 구단 관계자들은 모른 척하고 넘어갔다.

어쩌겠는가, 원래 그런 놈인데.

시합에서 경고의 의미로 좀 빼려고 해도 팀이 아쉽고… 아니, 아쉬운 정도가 아니라 그가 없으면 아예 팀 분위기가 확 죽어버린다. 그러니 보고도 못 본 척 들어도 못 들은 척해야지, 별수 없었다.

"그게요……."

"어려워하지 말고 말해 보게. 내가 들어줄 수 있는 것은 들어줄 테니까."

"정말이죠?"

두 눈을 동그랗게 뜨고 좋아하는 모습을 보니 베일 카르도 감독은 더욱 걱정되기 시작했다.

"물론 내가 해줄 수 있는 것만이네."

"감독님밖에 제 소원을 들어줄 수 있는 사람이 없습니다."

"허허, 그럼 어서 말해 보게."

"앞으로 있을 레드삭스전, 모두 던지고 싶습니다."

"응? 3일 모두를? 그건 불가능해."

"꼭 하고 싶습니다."

"나는 더서티 베인 감독이 아냐. 그렇게 했다가는 팬들에게 돌을 맞을지도 몰라. 못 들은 것으로 하겠네."

"이것은 나의 복수입니다."

"응?"

그제야 베일 카르도 감독은 삼열의 눈이 활활 타오르고 있는 복수심을 보았다.

뒤끝왕이라고 하더니 자신을 컵스로 트레이드시킨 레드삭스에 유감이 많은 것 같았다.

그러나 아무리 그래도 어떻게 3일 연달아 등판을 시킬 수 있단 말인가. 사람의 팔이 고무 팔도 아니고 말이다.

"그게 불가능하다는 것을 자네도 알지 않는가. 자네 몸이, 특히 그 어깨가 견뎌내지 못할 거야. 그리고 올해만 야구하고 말 것인가?"

"……"

삼열은 감독의 설명에도 불구하고 물러서지 않았다.

어떻게 이 기회를 놓치겠는가? 올해가 아니면 내년에는 레드삭스와 경기를 하지 못할 확률도 높다. 베일 카르도 감독이 알아듣게 설명을 하고 타일러도 삼열은 요지부동이었다.

"흠, 그럼 봐서 첫째 날에 던지고 이상이 없으면 마지막 날에 던지게. 다른 선수들의 투수 로테이션도 생각해 줘야지."

삼열도 베일 카르도 감독의 말에 말없이 고개를 끄덕였다.

자신의 복수도 중요하지만 선발진의 투수 로테이션이 어긋나면 투구 리듬이 깨질 수도 있으니 더 강하게 주장할 수가 없었다. 그는 감독에게 고맙다는 인사를 하고 사무실을 나왔다.

삼열이 사라진 사무실에 혼자 남은 베일 카르도 감독은 어처구니가 없어 잠시 멍하니 있었다.

허락해서는 안 될 것을 허락했다. 잘못되면 모든 비난을 자신이 져야 한다.

하지만 그는 삼열이 알아서 몸 관리를 하는 것을 잘 알고 있었다. 그래서 허락한 것이었다.

레드삭스와의 경기 마지막 날에 그의 몸 상태를 봐서 언제든지 강판시킬 결심을 했다. 자기가 요구해서 허락했어도 일이 잘못되면 인터뷰에 또 무슨 소리를 할지 모를 놈이었다.

"끙. 마운드에 서면 사자왕인데 마운드만 벗어나면 대책이 안 서니, 참나."

그는 말없이 벽면에 있는 경기 일정들을 바라보았다.

그래도 삼열이 경기에 복귀한 후에 중간 계투진이 한숨을 돌렸다. 9이닝 완투를 했으니 불펜진도 마무리도 쉴 수 있었다.

'뭐, 어떻게야 되겠어? 지 몸은 지가 알아서 끔찍이 챙기는 놈이니 알아서 하겠지.'

베일 카르도는 주머니를 뒤졌다. 혹시나 담배가 남아 있지 않을까 하는 헛된 바람을 가지면서. 하지만 안타깝게도 그는 이미 담배를 끊은 지 반년 가까이 되었다. 입안이 텁텁해져 책상 위에 있는 사탕을 집어 먹었다.

삼열은 감독의 사무실을 나오면서 회심의 미소를 지었다. 솔직히 감독이 들어줄 것이라고는 생각하지 않았다.

허락을 안 해줘도 본전이라고 생각하고 이야기를 꺼냈는데 허락을 해줄 줄이야.

감독의 말대로 다른 투수들의 투구 밸런스를 깨트릴 수도 있는 문제라 쉬운 일은 아니다.

다만 다비드 위드나 라이언 호크, 그리고 매트 뉴먼은 노련한 투수라 그다지 걱정되지 않았다. 랜디 팍스는 신경도 안 썼다. 그는 삼열의 충고 덕분에 확실하게 선발로 자리를 잡았다.

'음하하하, 기다려라. 이번에는 반드시 퍼펙트로 이겨주마.'

흥분과 기대로 인해 이미 분노는 사라진 지 오래였다. '감히 나를 팔아넘겨?' 하고 꽁했던 마음도 바람결에 사라진 느낌이었다.

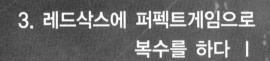

3. 레드삭스에 퍼펙트게임으로
복수를 하다 Ⅰ

분노도 하나의 에너지가 될 수 있음을 이번에 삼열은 깨달았다. 그동안은 루게릭병을 극복하기 위해 죽도록 연습했다가 이제는 더 진화할 수 없을 정도가 되어버려서 조금 몸이 처져 있었다.

러닝 역시 그동안 하던 거였으니 했지만, 거기에 어떤 결심이나 각오는 없었고 흥미도 많이 반감되었었다.

그것은 원하지 않는 팀에 강제로 트레이드되어 와서 메이저리그에서 어느 정도 적응한 다음에 찾아오는 자연스러운 현상이었다.

인간은 언제나 긴장하면서 살 수 없다. 이렇게 조금은 나른하게 지낼 필요도 있다. 그런 의미에서 휴식은 새로운 에너지를 창조하게 하는 위대한 것이다.

삼열은 흥분했고 기대했다. 그리고 당장 연습장으로 달려가 공을 던졌다. 새롭게 투지가 생기자 공이 더 예리해졌다. 공이 손에 착착 감기며 원하는 곳으로 날카롭게 들어갔다.

"기다려라, 나의 복수혈전을!"

"뭐? 봉수혈전?"

로버트가 옆에서 삼열의 한국말을 듣고 그 의미를 물었다. 로버트는 연습하다가 가끔 쉴 때 옆으로 다가와 삼열이 던지는 것을 지켜보곤 했다.

"몰라도 돼."

"네가 그런 말할 줄 알았다."

"뭐?"

"넌 항상 혼자 중얼거릴 때는 너희 나라 말로 하잖아."

"그러고 보니 그렇군."

"그런데 삼열, 다시 힘을 내기 시작한 건가?"

"응? 무슨 소리야?"

"너 한동안 연습 대충 했었잖아."

"헐~"

로버트가 이렇게 예리할 줄은 몰랐다. 하긴, 그도 훌륭한 타자인데 이런 눈썰미가 없다면 빠르게 날아오는 공을 치기도 힘들 것이다. 게다가 그는 한때 자신의 연습 라이벌이 아니었던가.

"알고 싶어?"

"알고 싶긴 해. 말을 안 해줘도 뭐라고 할 수는 없지만, 나도 네 말을 들으면 새로운 자극을 받지 않을까 싶어."

"보스턴 레드삭스."

"응?"

"나를 팔아먹은 그 벤 케링턴 단장의 머리에 공을 던질 수 있게 되었으니까."

"진짜로 던질 거야?"

"넌 문학적 표현이라는 것도 몰라? 나라고 그 늙은 사람 머리에 공을 던진 다음 감옥에서 살고 싶겠어?"

"그렇지?"

삼열이 다시 연습하자 로버트도 옆에서 배트를 휘둘렀다.

이번 인터리그는 홈에서 여섯 게임을 하고 여섯 게임은 원정을 가게 된다. 삼열은 미소를 지었다.

'젠장할 놈들. 나를 이런 거지같은 팀에 팔아먹은 복수는 단단히 해주겠다.'

자신을 트레이드시킨 것에 대한 복수가 아니었다. 그도 트레이드당할 수 있다는 것을 충분히 알고 있었다. 마이너리그에서는 메이저리그보다 더 빈번하게 트레이드가 일어나니까.

삼열이 원한 것은 트레이드를 당한다 하더라도 사전에 협의하거나 그도 아니면 미리 이런 팀으로 트레이드될 것이라는 통지였다. 그리고 트레이드를 할 것이면 제대로 된 팀으로 해주지, 100년 동안 저주에 싸여 빌빌거리고 있는 이런 팀은 또 뭐란 말인가.

투수는 안타에 의연해야 하고 타자는 삼진에 그래야 한다.

가장 아픈 것은 안타를 맞은 사실이 아니라 실패를 통해서도 자신이 잘못 가고 있는 것을 알아차리지 못하는 것이다. 실수를 알아야 그만큼 더 노력할 수 있다.

정신은 몸을 지배하기에, 투수는 무엇보다 마인드 컨트롤로 항상 자신의 멘탈을 강화해야 한다.

마리아노 리베라는 안타나 홈런을 맞거나 승리를 날린 경기가 끝난 다음 더 활발하게 웃는다. 그런 모습이 뻔뻔해 보일 수 있겠지만 마무리 투수가 흔들리면 팀은 더욱 크게 흔들리기 때문이다. 삼열은 항상 그 사실을 명심하면서 끊임없이 자신의 정신을 강하게 훈련했다.

삼열은 훈련을 마치고 집으로 돌아왔다. 옷을 갈아입고 경기장에 가려고 나서는데 마리아가 들어왔다.

"마리아! 이렇게 일찍 웬일이야?"

"몸이 조금 안 좋은 것 같아서요. 달링은 경기장에 가는 거예요?"

"응. 근데 괜찮아?"

"괜찮아요. 아, 나도 같이 가고 싶다."

"같이 가면 좋을 텐데."

"그러면 뭐 해. 같이 응원할 수도 없는데."

"아, 그렇군요."

삼열은 갑자기 마리아와 결혼하면 어떨까 하는 생각을 하였다. 어디서 이렇게 사랑스러운 여자를 다시 만날 수 있단 말인가.

하지만 그는 두려웠다. 신발로 따귀를 맞는 것이 두려운 것이 아니라 혼자라는 것이 두려웠다. 수화의 모친에게 맞고 집에 돌아와 홀로 눈물을 흘리던 그날, 따뜻한 엄마의 말과 위로의 손길이 얼마나 그리웠던가. 다시 그런 일이 벌어진다면 이제는 참을 수 없을 것 같았다. 그래서 은근히 청혼을 기다리는 마리아를 알면서도 모른 척하고 있었다.

"마리아!"

"네, 왜요?"

"나를 믿고 기다려 줘."

"그럼요. 항상 자기를 믿어요, 나는."

인생이 힘들어지는 것은 부부가, 형제가, 친구가 서로 믿지 못해서 외로움에 빠진 때이다.

삼열은 도저히 참지 못하고 마리아에게 말했다.

"당신과 결혼하고 싶어. 늘, 언제나. 그러나 조금만 더 기다려 줘. 내가 좀 더 멋진 모습이 되면 그때 당신에게 말할게."

삼열의 말에 마리아가 환하게 웃었다. 마치 마른 사막이 푸른 초원으로 변하고 꽃이 피고 새가 노래하는 듯 싱그러운 미소였다.

"달링, 우리끼리 결혼해도 돼요."

"어……?"

"결혼은 우리 둘이 하는 거잖아요. 난 자기 아기를 가지고 그 아이를 낳아 키우며 천천히 늙어가면서 흘러가는 세월을 함께하고 싶어요."

"흠, 결혼은 좋지만 늙는 것은 별로 안 땡기는데."

"호호, 늙는 걸 좋아하는 사람이 어디 있어요. 하지만 인생이란 언제나 좋아하는 것만 하고 살 수는 없잖아요."

"그렇지."

삼열은 마리아를 가슴에 안았다. 그리고 생각했다. 6월은 무척이나 아름다운 계절이라고.

정원에는 녹색의 식물들이 자라 있고 가끔 새들도 와서 쉬다 갔다. 바람도 여전히 불고 하늘은 맑았다. 정말 기분 좋은 날이었다.

　　　　　*　　　　　*　　　　　*

　삼열은 오클랜드 애슬레틱스와의 경기에 등판하여 7이닝 1실점 하면서 가볍게 1승을 추가하였다.

　오클랜드 애슬레틱스는 월드 시리즈에서 아홉 번이나 우승을 거둔 명문이지만 인구 30만의 소도시이기에 뛰어난 선수들이 FA가 되면 그들을 잡지 못했다.

　다행히도 팜에 좋은 선수들이 많아 가난한 구단치고는 매년 좋은 성적을 거두는 팀이었다. 그런데 올해는 성적이 별로였다.

　삼열은 이번 경기에서도 승리를 거둬 8승을 하게 되었다. 다승 2위에 방어율은 여전히 부동의 1위였다.

　보스턴으로 날아가는 비행기에서 삼열은 반드시 복수할 것을 다짐했다. 다행스럽게도 다른 선발 투수들이 어느 정도 불편을 감수하고 삼열을 지지해 줬다. 이는 최근 두 경기에서 승패 없이 헛심만 쓴 라이언 호크가 하루 더 쉬게 되면서 서로 이해관계가 맞아떨어진 탓도 있었다.

　삼열은 펜웨이 파크를 바라보았다. 붉은 벽돌 위에 07년 우승한 페넌트가 보였다. 출입구 한 곳에는 테드 윌리엄스가 아이에게 모자를 씌워주는 동상이 서 있었다.

　테드 윌리엄스는 1939년에서 1960년까지 22년 동안을 보스턴 레드삭스에서 보냈으며, 트리플 크라운을 두 번이나 달성했다. 0.344의 통산타율에 521홈런을 기록했다. 타격의 신으로 일컬어지며 『타격의 과학』이라는 역작을 발간하기도 했다.

삼열이 타자였다면 그의 동상에 입을 맞추었을 것이다. 그러나 그는 투수라 흥미가 일지 않았다.

"모조리 부숴주마."

삼열은 호텔로 돌아와 창밖의 그린 몬스터를 보며 두 주먹을 불끈 쥐었다. 11.2m의 녹색 펜스를 바라보며 그는 비열한 웃음을 터뜨렸다. 그리고 중얼거렸다.

"나를 트레이드한 것을 엄청나게 후회하게 만들어주지. 땅을 치고 통곡할 정도로."

삼열은 레드삭스와의 경기에 집중하기 위해 지난 경기 7이닝만 던지고 자진 강판을 했다. 특별한 몸과 신성력의 효과가 그를 다음 날이면 완벽한 몸으로 되돌려 놓지만, 그렇다고 정신력까지 회복되는 것은 아니었기 때문이다.

지이잉.

휴대폰이 진동하자 삼열은 탁자 위에 놓인 스마트폰을 집어 들었다.

"아, 마리아."

마리아의 전화를 받은 삼열의 얼굴에는 좀 전의 비장했던 표정은 어느새 사라지고 없었다. 수화기를 통해 들려오는 달콤한 목소리가 그의 마음을 어지럽게 만들었다.

─자기, 몸은 어때요?

"나야 언제나 최고지. 걱정하지 않아도 돼. 음하하하, 나를 팔아버린 배신에 대한 복수는 반드시 해야지."

─그렇다고 너무 무리는 하지 마요.

"물론이야."

삼열은 30분이나 마리아와 통화를 하고 나서 목욕을 하고 일찍 잠자리에 들었다. 그리고 다음 날 아침 일찍 일어나 몸을 가볍게 풀며 일전을 준비했다.

삼열은 경기가 시작되기 전에 나와 그라운드를 가볍게 뛰었다. 진보한 육체가 달리면 달릴수록 힘차게 돌아갔다. 마치 몸속에서 이전과는 차원이 다른 엔진이 돌아가는 느낌이었다.

삼열은 3루 쪽 관중석으로 가서 아이들과 함께 잠깐 시간을 보내고 더그아웃으로 들어가 눈을 감았다. 마음을 차분하게 하고 자신을 돌아보았다. 분노가 몸을 지배하지 못하도록, 그래서 완벽한 복수를 할 수 있도록.

'나는야 끝판왕. 지옥을 보여주마, 빨간 양말. 그 양말에 구멍을 숭숭 뚫어주마.'

호흡을 길게 하니 더그아웃의 공기가 모두 빨려 들어오는 것 같은 착각이 들 정도로 많은 공기가 폐에 가득 찼다. 팽팽히 긴장했던 근육들이 이완하면서 기분 좋은 느낌이 몸을 지배했다.

이제는 오직 경기에 집중할 수 있을 것 같았다.

원더풀 스카이의 에드워드 찰리신은 신이 나 방송을 준비하고 있었다.

"이번 경기는 삼열 강 선수가 벼르고 별렀다는데, 어떻습니까?"

"두말하면 잔소리지요. 삼열 강 선수가 그냥 지나가면 악동이 아니죠. 전 그의 활약보다는 경기가 끝난 다음 인터뷰가 더 기대됩니다."

"그렇죠? 전 저만 그런 줄 알았습니다. 이번에는 무슨 소리를 할까요?"

"뭐, 그가 밤비노는 아니니 저주까지는 하지 않겠죠. 하하, 그래도 기대되는군요."

"저도 그렇습니다."

자니 메카인 해설 위원과 에드워드 찰리신이 가볍게 웃으며 대화를 나누었다.

*   *   *

1회 초에는 피터 박스터 투수가 나와 컵스의 타자를 모두 삼자 범퇴시켰다. 피터 박스터는 암을 극복한 의지의 승리자라고 불리는 선수다.

2008년에 노히트 노런을 달성했고 패스트볼, 커터, 슬라이더, 체인지업 등 모든 공을 자유롭게 던지는 그를 컵스의 타자들이 1회에 공략하기란 쉽지 않았다.

삼열은 천천히 마운드로 걸어 올라갔다. 푸른 하늘에 구름 한 점 없는 날이었다. 삼열은 그린 몬스터를 보며 피식 웃었다.

'괴물은 무슨. 흉물이구만. 11.2m의 펜스라니 웃긴다. 공은 절대 거기로 가지도 않을 거야. 몬스터는 무슨.'

삼열은 주위를 둘러보았다. 뜨거운 눈빛들이 레드삭스의 승리를 기대하며 삼열을 바라보았다. 그것은 생경한 눈빛이었다.

"하하."

삼열은 두 팔을 벌리고 크게 웃었다. 그러고는 자세를 취하고 빠른 동작으로 공을 던졌다.

심판이 경기 전에 웃은 일로 그에게 주의를 주기 전에 공은 미트에 꽂혔고 전광판에는 106마일이라는 숫자가 떠올랐다.

일순 펜웨이 파크가 쥐 죽은 듯이 조용해졌다. 주심조차 입을 다물지 못했다. 이미 주의를 주기에는 늦었다. 이 놀라운 구속을 보고서도 주의를 준다면 언론은 그를 난도질할 것이다.

그제야 로이 판 주심은 그가 레드삭스에서 트레이드를 당한 선수라는 것을 기억했다. 주심을 하기 위해서는 선수 개개인의 신상 정보를 경기 전에 숙지해야 한다. 그래야 그라운드에서 벌어지는 일을 재빠르게 처리할 수 있기 때문이다.

"스트라이크."

그는 스트라이크를 외쳤다. 3루에서 비로소 떠나갈 듯한 함성이 들렸고 레드삭스의 팬들도 놀라움을 금치 못했다.

레드삭스는 양키스와 7경기 차로 뒤처졌고 탬파베이 레이스와 함께 동부지구 공동 3위를 하고 있다. 바비 슐츠 감독이 부임한 후에 팀을 추스르려고 했지만 존스타인 단장이 떠난 공백이 너무나 컸다. 게다가 팀의 주축 선수들이 줄줄이 부진을 면치 못하고 있었다.

2011년 아메리칸 리그의 MVP 투표 2위를 차지했던 제이콥 얼스베리는 빠른 발과 좋은 선구안을 가졌다.

212안타에 105타점 39개의 도루, 0.321의 타율로 최고의 해를 보낸 이후 다시 부진에 빠졌다. 올해 그의 타율은 0.255에 불과했다.

다시 공이 날아왔다.

펑.

"스트라이크."

낮게 제구되어 날아온 공은 여전히 105마일에 달했다. 제이콥 얼스베리는 멍하게 공을 바라보았다.

"젠장, 젠장."

그는 낮게 중얼거렸다. 105마일의 공을 어떻게 친단 말인가. 직구가 온다는 것을 안다면 한 번 시도라도 해보겠으나 그것은 그야말로 희망 사항이었다.

제3구는 날카롭게 휘어져 들어온 변화구였다.

펑.

"스트라이크."

제이콥 얼스베리의 배트가 헛돌았다. 제이콥은 마운드에 서 있는 삼열을 다시 한 번 바라보고는 묵묵히 더그아웃으로 들어갔다.

레드삭스는 3연패 중이라 오늘 경기마저 지면 이번 시즌을 포기해야 할 정도로 절박한 상황이었다. 물론 나중에 기회가 없지는 않겠지만 경쟁자들이 너무나 강력했다.

양키스는 제쳐 놓는다고 해도 볼티모어와 템파베이의 상승세가 무서울 정도였다.

2번 타자 칼 크리스가 타석에 섰다. 삼열은 공을 던졌다. 공이 타자 앞에서 슬라이더처럼 휘어져 들어갔디.

딱.

데굴데굴 구른 공이 삼열의 발 앞에 멈추었다. 삼열은 느긋하게 공을 잡아 1루로 던졌다.

다음 타자는 메이저 최고의 1루수 중 한 명인 멤피스 곤잘레스. 언제나 3할을 칠 수 있는 타자이며 수비 실력도 좋아 세 차례의 골든 글러브와 네 번의 올스타전에 뽑혔었다.

곤잘레스는 차갑게 얼어붙은 관중석을 바라보았다.

새롭게 나타난 루키에게 매료되었는지 그가 나와도 응원하는 소리가 제대로 들리지 않았다. 언제나 그가 나오면 안타를 칠 것을 확신하며 소리를 질러대던 열성적인, 아니 광적인 팬들의 응원이 오늘은 자취를 감추었다.

그는 강속구를 던지는 투수를 보며 몸을 플레이트 앞으로 당겼다. 위험하기는 하지만 간혹 담력이 작은 선수는 이러한 시도에 흔들리는 경향을 보이곤 한다.

하지만 이는 정말 위험한 시도였다.

삼열은 그런 곤잘레스를 보며 속으로 웃었다. 어디 한 군데가 부러져도 좋다면 그렇게 해주리라 생각했다. 공이 높게 몸쪽으로 날아 들어갔다.

곤잘레스는 자신의 어깨를 향해 날아오는 공을 보며 급하게 몸을 뒤로 날렸다. 칼날 같은 바람이 그의 귀를 스치고 지나갔다. 그것은 마치 기차가 지나가는 것처럼 웅장하고 요란한 소리였다.

공은 스트라이크 존에서 불과 두 개밖에 벗어나지 않았다. 아직도 들고 있는 스티브 칼스버그의 미트는 그대로 시간이 멈춘 듯 움직이지 않고 있었다. 그는 벌떡 일어나 마운드로 달려가려다가 미트를 보고는 멈췄다.

여기서 항의를 하면 자신이 퇴장당할 것이 명백했다.

'젠장, 죽을 뻔했는데 항의조차 못 하다니.'

상대 투수는 교활하고 비열할 정도로 담력이 좋았다.

피하지 않았다면 어깨가 산산이 박살 났을 것이다. 괜히 저렇게 엄청난 투수를 상대로 객기를 부렸다는 생각에 식은땀이 흘러 등을 흠뻑 적셨다. 그리고 그는 손도 대지 못하고 삼진을 당하고 말았다.

삼열은 팔을 벌려 바람을 맞이하는 자세를 잠시 취하고는 기분 좋게 마운드에서 내려왔다.

삼열은 더그아웃에서 빙그레 웃었다. 속이 시원했다. 10년 묵은 체증이 한순간 내려간 듯 통쾌했다. 그러나 아직 복수는 끝나지 않았다.

그는 눈을 감고 마음을 다스렸다. 더 크게 해먹기 위해서.

피티 박스디기 니와 마운드에서 던질 준비를 해도 3루 쪽에서는 파워 업 소리가 요란했다. 도대체 이게 뭐지, 라는 생각을 안 할 수가 없었다.

상대는 메이저리그 데뷔 1년도 안 된 신인이지만 다승 2위에 방어율 1위로 메이저리그 최고의 투수가 되었다. 자신도 2008년에 노히트 노런을 달성하기는 했지만 상대 투수는 마음만 먹으면 언제든지 할 수 있고 이미 올해 한 번 하기도 했다. 수비 실수가 아니면 퍼펙트게임도 한 번 달성했을 것이다.

그동안 리그가 달라서 관심이 없었지만 정말 대단한 투수라는 생각이 들었다. 메이저리그에 올라와서도 오랜 시간 동안 제대로 된 활약을 하지 못했던 자신과는 너무도 달랐다. 부러웠다. 하지만 부러워하면 지는 것이라 생각하면서 고개를 저었다.

공을 던지고 타자를 삼진시켜도 왠지 그는 느낌이 좋지 않았다.

공의 구위도 나쁘지 않고 타자들도 유인구에 잘 따라 나왔다. 하지만 불길한 느낌이 그를 사로잡았다. 공수가 교대되어 마운드를 내려오면서도 기분이 좋지 않았다. 이런 날은 항상 지곤 했다.

'젠장, 아닐 거야.'

그는 땅을 보고 더그아웃으로 걸어 들어갔다.

삼열은 마운드로 걸어 올라가면서 3루쪽의 아이들과 이야기를 나눴다. 펜웨이 파크는 3루 쪽 파울 지역이 좁아 쉽게 관중과 이야기를 나누고 악수할 수도 있다.

삼열은 아이들과 간단한 인사를 하고 두 명의 아이와 악수를 했다. 삼열이 잠깐 두 손을 위로 올렸다가 내렸다. 그러자 힘차게 외치는 파워 업의 메아리가 펜웨이 파크에 울려 퍼졌다.

삼열은 재빨리 마운드로 갔다. 이미 외야진이 자리를 잡고 있었다. 삼열은 공 두 개를 던지고 멈추었다. 그러자 4번 타자가 타석에 들어섰다. 삼열은 그립을 살짝 고쳤다. 상대가 직구를 노리고 있는 것처럼 보였기 때문이다.

이럴 때는 컷 패스트볼이 유용하다. 직구의 궤적으로 날아가 슬라이드처럼 휘어지기 때문이다. 종적인 변화도 약하지만 있어서 타자들이 맞히기 정말 어려운 공이다.

그리고 중요한 것은 포심 패스트볼보다 체력 관리가 쉽다는 점이었다. 던질 때 놓는 타이밍에 중지로 힘껏 눌러주면 공은 타자 앞에서 변화한다.

삼열은 와인드업하고 공을 던졌다.

펑.

"스트라이크."

다비드 루이스가 스윙도 하지 못하고 공을 바라보기만 했다.

다비드 루이스는 400홈런을 친 슬러그다. 그는 빅 파피라고 불리는데―파피는 아빠라는 뜻이다―사실 별명과 달리 싸움에도 일가견이 있다. 1루수도 가끔 보기는 하는데 수비 실력이 시원찮아서 주로 지명타자로 활동한다.

삼열은 피식 웃고 공을 던졌다. 공이 섬광처럼 들어가 박혔다.

평.

"스트라이크."

주심은 지체하지 않고 스트라이크를 외쳤다. 다비드는 자신의 눈을 의심했다. 공이 딱 수박씨만 하게 보이다가 갑자기 사라진 다음에 포수의 미트에 박혔던 것이다.

"오, 맙소사!"

그는 멍하게 포수의 미트를 한 번 보더니 고개를 절레절레 흔들고 다시 타석에 섰다. 그의 생애에서 이런 공을 보게 될 줄은 몰랐다.

100마일의 공을 던지는 투수도 대부분 95마일 전후로 던진다. 100마일을 던질 수 있다는 것이지, 항상 그렇게 던질 수 있다는 말은 아니었다. 그런데 전광판에는 104마일이라고 찍혀있었다.

그는 서서 스트라이크 아웃을 당하면서 섬광처럼 빠른 공에 혀를 내둘렀다. 0.3초 이내로 반응해야 공을 칠 수 있는

데 이는 물리적으로 가능하지만 실제로는 불가능에 가까웠다. 공이 어디로 날아올지를 모르는데 어떻게 친다는 말인가.

삼열은 마운드에 서서 오만하게 타자들을 내려다보았다. 효율성이고 나발이고 안중에 없었다. 오직 이날을 위해 지난 경기도 제대로 던지지 않고 일찍 강판했다. 그때 던진 투구 수는 불과 62개밖에 안 되었다.

삼열은 공을 던졌고 레드삭스 선수들은 삼진을 당했다.

2회까지 삼진 수는 네 개였다. 삼열은 가공한 구위로 레드삭스 타자들을 눌렀다. 차원이 다른 공으로 압박하니 타자들이 스윙해도 공을 스치지도 못했다. 유인구에 겨우 배트를 맞혀도 내야 땅볼로 아웃되어 버렸다.

＊　　　＊　　　＊

원더풀 스카이의 찰리신 아나운서가 입에 거품을 물고 방송을 하고 있었다.

ㅡ정말 놀라운 일입니다. 또 104마일의 공입니다. 저런 공을 누가 감히 칠 수가 있겠습니까! 새로운 왕이 탄생했습니다.

ㅡ그렇습니다. 저 정도의 공을 칠 수 있는 타자는 서의 없

죠. 삼열 강 선수가 레드삭스를 벼르고 있었다고 아까 말씀
드렸죠? 그런데 이것은 정말 예상외로군요. 사실 삼열 강
선수는 삼진을 잘 안 잡는 선수로 유명합니다. 못 잡아서가
아니라 공을 한 개라도 덜 던지기 위해 맞혀 잡는 선수인데
도 불구하고 매 경기 열 개 전후로 삼진을 잡았습니다. 그런
데 2회밖에 안 끝났는데 벌써 삼진을 네 개나 잡았습니다.
굉장하군요.

　―메카인 해설 위원이 말씀하신 대로 삼열 강 선수는 삼진
을 잡는 것에 의미를 두지 않는 선수였는데, 오늘 날을 잡았
군요.

　―벌써 100마일이 넘는 공이 일곱 번째입니다. 한 경기를
통틀어도 그만한 숫자가 안 나오는데 역시 뒤끝의 왕다운 행
동이군요. 덕분에 팬들만 복이 터졌군요. 허허, 3루에 있는 컵
스의 팬들은 아주 즐거워하는 표정이죠.

　―평상시 삼열 강 선수가 레드삭스 언급을 많이 했었죠. 들
리는 말로는 거의 대부분이 욕이라던데요.

　―확인은 안 해봤지만 좋은 이야기는 안 했겠죠. 사실 선수
들은 트레이드에 대해 민감한 편입니다. 누구나 자기가 속한
팀에서 성공하고 인정받기를 원하니까요. 자기가 팀이 싫어서
먼저 트레이드를 요청했다면 몰라도 말입니다.

　―아, 이제 컵스의 타자들이 타석에 들어서고 있습니다. 그

런데 오늘 레드삭스의 피터 박스터 투수도 잘 던지고 있지 않습니까?

—네, 비교적 호투하고 있습니다.

3회가 시작되었다. 피터 박스터는 공을 던졌고 스티브 칼스버그는 배트를 휘둘렀다.

따악.

공이 바람을 타고 하늘 위로 높이 올라갔다. 그러고는 가볍게 오른쪽 담장을 넘겼다. 우익수가 쫓아갔다가 관중석 사이로 넘겨졌으나 그는 웃으며 나왔다. 그는 자신이 공을 잡지 못했음을 인정하며 글러브를 열어 보였다.

이는 드웨인 와이스가 작년 6월에 클리블랜드 인디언스의 파울 볼을 잡다가 관중석으로 들어갔었던 일 때문이다. 그때 심판은 타자 아웃을 선언했지만 그가 관중석으로 떨어졌을 때 공은 이미 글러브에 맞아 튕겨 나갔었다.

드웨인 와이스는 나올 때 글러브를 오므리고 있어 심판이 착각하고 넘어갔을 수 있었지만 곧 빈 글러브에 자신의 주먹을 두들겨서 조금만 주의 깊게 보았다면 아웃이 아니라는 것을 알았을 것이다. 하지만 그는 경기가 끝나고 팬들에게 욕을 먹었다.

홈런을 친 스티브는 3루를 찍고 홈으로 들어와 농료들의 환영을 받았다. 그리고 삼열에게 와서 한마디 했다.

"헤이, 베이비. 봤지?"

"응."

"뭐 한마디 안 해?"

"넌 내가 홈런 세 개나 때린 위대한 투수라는 거 모르냐?"

"쩝, 말을 말아야지. 어쨌든 이 몸이 너를 승리 투수로 만들어준 홈런을 때렸다는 것만 기억해 둬."

"어, 알았어. 넌 내가 얼마나 위대한 투구를 하는지 두 눈 뜨고 똑똑히 지켜나 봐."

삼열은 스티브의 말에 한마디도 지지 않고 대답했다. 스티브도 체념하고 자신의 자리로 돌아가 의자에 앉았다.

피터 박스터는 얼떨떨했다. 공을 던질 때 손에서 약간 빠져나간 느낌이 들어 아차 했는데 그것이 바로 홈런으로 연결되었다. 하위 타선이라 어느 정도 안심하고 던진 것이 화근이 된 것이다.

물론 투수는 실점할 수도 있다. 그런데 지금은 상대 투수의 공이 너무나 좋았다.

1실점이 너무도 크게 느껴지면서 다리의 힘이 조금 빠졌다. 이후에 그는 다시 공을 던졌고 모두 내야 땅볼, 외야 뜬공과 삼진으로 3회 초를 마쳤다.

존 베론이 그의 등을 두드려 주며 수고했다고 했다. 그와 레스터는 치맥 사건으로 곤욕을 치렀지만 덕분에 가까워졌다. 라커룸에서 치킨과 맥주를 먹다가 들통이 나 공개적으로 사과한 것이다.

원래 라커룸에서는 메이저리그 규정상 음주가 금지되어 있다. 하지만 알게 모르게 먹기도 하는데 이들은 좀 유난했다.

"어때, 힘들지?"

"두렵다. 저런 공을 아무렇지도 않게 뿌리다니. 도대체 왜 단장은 저런 투수를 컵스에 넘긴 거지?"

"크크, 덕분에 경쟁자 하나는 줄었잖아. 다행히 리그도 다른데. 네가 운이 없었던 거지. 1년에 딱 세 게임 있는데 네가 걸린 거니까."

"그렇기는 하네."

레스터는 마운드에 오만하게 서 있는 상대 투수를 바라보았다. 동양인치고는 키가 상당히 컸다. 텍사스 레인저스의 일본인 투수 다르빗슈 유와 비슷해 보였다. 다르빗슈도 훌륭한 투수이지만 삼열 강은 급이 달랐다.

그는 목이 말라 옆에 있던 게토레이를 집어 마셨다.

삼열은 다시 마운드에 섰다.

고요한 바다처럼 마음이 평온했다.

그는 복수도 잊은 듯 물아일체로 공을 던지기 시작했다. 그러자 공이 무지막지한 속도로 미트에 들어가 박혔다. 오늘은 제구도 미친 듯이 잘되었다. 공은 낮고 빠르고 강했다. 하위 타선의 세 타자 모두 삼진을 당했다.

삼진의 개수는 이제 일곱 개로 늘어났다.

3회가 끝나자 그라운드를 고르기 시작했다. 메이저리그는 그라운드를 정비하는 시간이 딱히 없이 대체로 3회가 끝나면 그라운드를 고른다. 그리고 6회나 7회에 한 번 더 정비한다.

그래서 메이저리그의 구단들은 7회에는 댄스 타임을 가지는 팀들이 많다. 이때 선수들도 쉬고 관중들도 굳은 몸을 풀라고 신나는 음악을 틀어준다.

삼열은 3루 쪽을 바라보았다.

아이들이 삼열을 보고 그가 시합 전에 사인해 준 사인지를 들어 카메라에 비추었다.

그중 여자아이 하나가 사인지에 뽀뽀했다. 귀엽고 예쁜 얼굴이 전광판에 나타나자 아이는 기뻐 팔짝팔짝 뛰었다. 그 모습을 보고 삼열은 행복해졌다.

'그래, 난 행복을 위해 던진다. 그리고 복수도 나의 행복의

일부다.'

복수를 멈출 생각은 없다. 어쨌든 시합이고 그는 이겨야 한다. 단지 이기는 방식의 문제일 뿐이다.

더 철저하게 자신의 실력을 발휘하여 깔아뭉개는 것은 이기는 방식의 하나에 불과하다. 여기는 메이저리그다. 마운드 안에서 이뤄지는 정당한 방식의 복수는 그 누구도 말리지 않는다.

삼열은 불어오는 바람에 미소를 지었다. 자신에게 무례한 행동을 한 레드삭스에 대한 응징은 오직 실력으로 입증하는 것뿐이었다.

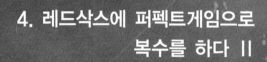

4. 레드삭스에 퍼펙트게임으로
   복수를 하다 II

레드삭스의 지역 방송 홀리데인 박스의 방송부스는 지금 난리가 났다.

아서 메인 아나운서는 물론 주다 저스틴 해설 위원도 벤 케링턴 단장과 바비 슐츠 감독을 연신 씹고 있었다.

그들은 삼열의 병을 알고 재빨리 트레이드시켜 버렸다. 하지만 그것을 공개적으로 밝힐 수는 없는 일. 그것은 스스로의 얼굴에 침을 뱉는 행위니까.

병든 투수를 속이고 트레이드를 한 것은 도덕적 문제다.

수면 아래 잠기면 그냥 넘어갈 수 있는 문제지만 그것이 사람들에게 알려지면 그 비난은 지금의 것과는 차원이 다른 메가톤급 쓰나미로 몰려들 것이다.

―돌았죠?

―바비 슐츠 감독이나 결정권자인 벤 케링턴 단장이 미친 짓을 한 거죠. 1920년에 구단주 프레지가 헐값에 팔아치운 베이브 루스만큼이나 어리석은 결정인 것 같습니다.

프레지 구단주가 펜웨이 파크 건설 자금을 마련하기 위해 12만 5천 달러에 베이브 루스를 팔아버린 얘기였다. 결국 베이브 루스는 자신이 원하지도 않았는데 레드삭스와 양키 스타디움을 짓는 데 일조한 것이다.

4회 초에 컵스의 타자들은 노 아웃에 1루 주자를 출루시키고 점수를 얻지 못했다. 삼열은 그 모습을 보고 빙그레 웃었다. 어쨌거나 컵스의 타자들도 최선을 다한 것이다. 상대 투수가 잘 던졌으니 어쩌겠는가?

삼열은 마운드에서 호흡을 골랐다. 호흡에 딸려온 맑은 산소가 그의 폐와 뇌로 공급되자 기운이 불끈 솟아났다. 이곳은 그의 마운드다. 삼열은 생각했다. 누구도 자신의 공을 칠 수 없을 것이라고.

제이콥 얼스베리가 다시 타석에 들어섰다.

삼열은 제이콥 얼스베리를 바라보고는 피식 웃었다. 그의 눈에는 레드삭스의 그 어떤 타자도 무섭지 않았다. 오늘 반드시 잡아야 할 밥이었다.

삼열은 마운드에 서서 와인드업하고 공을 던졌다. 공이 휙하고 휘어져 들어갔다.

펑.

"스트라이크."

제이콥은 입술을 깨물었다. 상대 투수는 결코 쉬운 공을 던지지 않았다. 직구인 것 같은데 커터나 투심 패스트볼이었다. 간간이 오는 체인지업은 정말 현란했다.

타격의 타이밍이 뚝 하고 끊겼다. 체인지업 다음에, 또는 변화구 뒤에 직구가 온다는 것을 알고 있어도 몸이 반응하지 못한 채 서서 스트라이크 아웃을 당했다.

제이콥은 더그아웃에 들어가 배트를 아무렇게나 집어 던졌다. 배트 보이가 자신이 던진 배트를 정리하는 것을 보고 그는 얼굴을 붉혔다. 배트 보이 찰리는 동료 투수 나울 바드의 아들이었다.

'젠장.'

그는 털썩 의자에 앉았다. 동료들의 위로가 귓가에 들리지도 않았다.

삼열은 소리쳤다

"나는 왕이다. 파워 업!"

주심은 그에게 주의를 줬고 삼열은 고개를 끄덕였다.

관중석에서 유쾌한 웃음이 터져 나왔다. 일련의 해프닝이 끝났다. 삼열은 메이저리그에서 딴짓 잘하는 투수로 이미 소문난 지 오래였다. 그래서 그런 일로 퇴장을 시키기에는 무리가 많았다.

삼열은 다시 공을 던졌고, 포심 패스트볼이 포수의 미트에 꽂혔다.

105마일.

칼 크리스는 허탈한 표정으로 전광판과 포수의 미트를 번갈아 보았다.

'젠장, 얌전히 있다 들어가는 수밖에 없겠군.'

그는 체념한 듯 배트를 쥐고 공이 날아오자 휘둘렀다. 3루수 이안 벅스가 달려와 공을 잡아 1루에 던졌다. 간발의 차이로 크리스는 아웃되고 말았다.

3번 타자도 삼진을 당해 4회가 되자 삼진의 개수는 아홉 개로 늘어났다. 공수가 교대되었다.

원더풀 스카이의 자니 메카인은 삼열의 뛰어난 투구의 원동력은 그 특유의 복수심이라고 꼭 집어 말했다. 이미 삼열이 뒤끝 많고 악동으로 소문났기에 충분히 짐작할 수 있는 말이었다.

—하하, 삼열 강 선수의 '나는 왕이다'라는 말은 좀 너무했죠?

—네, 그렇긴 하죠. 뭐, 대부분의 투수들은 속으로 그렇게 마인드 컨트롤을 하긴 합니다. 삼열 강 선수야 그것을 입 밖으로 꺼낸 것인데 좋은 행동은 아니죠. 그래도 주심이 경고가 아닌 주의를 주고 넘어간 것은 이례적인데요. 아마 그도 삼열의 투구 내용에 압도당했을 겁니다.

—하여튼 삼열 강 선수, 오늘 굉장한 투구를 하고 있네요. 그런데 궁금한 점은 저렇게 계속 던질 수 있을까 하는 겁니다.

—좀 부담이 되기는 할 것입니다. 전력 투구를 하고 있는 것으로 보이니까요. 하지만 지난번 경기에서 삼열 강 선수가 던진 공은 불과 62개였죠. 이 경기를 대비했다고밖에 볼 수가 없어요. 지금도 투구 수는 아주 적어요. 정확히 32개밖에 안 되는군요. 가만히 있으면 삼진이니 어떻게 하든 치려고 하는데, 그럴수록 투구 수는 줄어드니 레드삭스 타자들로서도 별 도리가 없을 것입니다.

삼열은 푸른 하늘을 바라보았다. 바람 한 점 없는 날에 공을 던지는 것이 그는 행복했다. 존재의 가치를 지닌을 비린 딤에게 알리는 것만큼 짜릿한 것은 없는 일이다.

6회까지 점수가 나지 않고 투수전의 양상이 계속되었다. 피터 박스터는 노련하게 경기를 운영했다. 매회 주자를 내보냈으나 점수는 더 이상 잃지 않았다. 삼열의 경우는 단 한 타자도 누상에 보내지 않았다.

삼열이 더그아웃 앞에서 타격 준비를 하는 로버트에게 빈정거리며 말했다.

"헤이, 난 눈 감고 쳐도 안타는 치겠다."

로버트는 눈을 가늘게 뜨고 크게 콧방귀를 뀌었다. 그도 눈이 있으니 삼열의 말을 전면적으로 부인하지는 못했다. 삼열이 얼마나 많은 안타를 쳤는지, 투수가 아니라 타자라고 해도 믿을 정도였다.

"뭐 좀 보여줘 봐."

"알았어. 입이나 닥치시지."

"네!"

삼열이 말 잘 듣는 아이처럼 입을 다물었다. 로버트는 눈을 부라리며 투지를 불태웠다. 그는 아직도 삼열에게 라이벌 의식을 약간은 갖고 있었다.

레리 핀처가 아웃되고 헨리 아더스가 안타를 쳐 1루에 나갔다. 삼열이 진심을 담아 외쳤다.

"로버트, 너의 능력을 보여줘!"

"쳇, 갓 뎀!"

로버트는 삼열을 향해 고개를 돌려 욕을 하고는 어슬렁거리며 타석으로 걸어갔다. 그는 잠시 배트를 빙글빙글 돌린 후 타석에 들어섰다.

'와라. 저 뺀질이를 엿 먹이게 날려주마.'

로버트는 공이 날아오자 초구를 그대로 받아쳤다.

딱.

요란한 타구 소리를 듣고 삼열은 고개를 번쩍 들었다.

"어, 진짜 치네."

단순한 파울 플라이 볼로 보였던 타구가 그린 몬스터 안으로 넘어갔다. 좌익수가 따라가다가 멈추어 서서 그린 몬스터를 바라보았다.

헨리 아더스가 홈으로 들어온 뒤 로버트가 홈 베이스를 밟았다. 그는 동료들의 축하도 대충 무시하고 더그아웃으로 뛰어 들어와 삼열에게 소리쳤다.

"봤지? 봤냐고, 나의 홈런을!"

삼열이 귀를 손가락으로 문지르며 고개를 돌렸다. 얄미운 행동이었다. 로버트는 한 대 치고 싶었지만 뒤끝이 무서워서 참았다. 그리고 스트롱 케인이 마시고 있는 게토레이를 빼앗아 마셨다. 스트롱 케인은 빼앗긴 자신의 음료수가 줄어드는 것을 말없이 바라보았다.

점수는 3 : 0으로 벌어졌다. 승부의 추가 기울자 바비 슐츠 감독은 피터 박스터를 마운드에서 내리고 최근에 중간 계투로 좋은 성적을 보이는 맷 보토를 내보냈다.

감독의 이러한 시도는 탁월했다. 맷 보토는 간단히 후속 타자들을 제압했다. 그러나 점수는 이미 3점 차로 벌어진 후였다.

"휴우."

바비 슐츠 감독이 나직하게 한숨을 내쉬었다. 약체인 시카고 컵스에게 다리를 물릴 줄은 몰랐다. 이렇게 중요한 때에, 경쟁자들은 날아가고 있는데 레드삭스는 반대로 미끄럼을 타고 있다니.

오늘 경기는 마치 거북이가 토끼를 잡으려고 용을 쓰는 것 같았다. 상대 투수가 너무 막강했다.

상대팀 선발투수는 자신이 닥터 마이어의 의견을 받아들여 벤 케링턴 단장에게 트레이드를 건의했던 선수였다.

어떻게 1년 만에 이런 일이 벌어졌는지 믿을 수가 없었다.

오늘 경기가 시작되기 전에 보스턴의 언론들은 삼열 강에 대해 대대적인 보도를 하면서 제2의 밤비노의 저주가 도래했다고 떠들어댔다. 그만큼 어리석은 트레이드라는 이야기였다.

'하지만 절대 말할 수는 없지. 그가 루게릭병 환자라는 것

을……'

그게 밝혀지면 비열한 트레이드라는 말을 듣게 될 것이고 자신은 바로 해임될 것이다.

인간의 미래를 알 수 없다지만 불과 1년 만에 돌아온 트레이드의 부메랑에 허리가 휘청거릴 지경이었다. 삼열의 놀라운 업적을 알고 있던 그는 컵스와 시합을 하더라도 그가 나오지 않기를 원했다. 그런데 첫날 바로 걸릴 줄이야.

바비 슐츠 감독은 깔깔해진 입안이 따뜻한 카페인과 타르를 원하고 있음을 느꼈다.

삼열이 나와 7회를 다시 삼진 두 개와 파울 플라이 한 개로 마무리하자 바비 슐츠 감독의 얼굴은 급격히 어두워졌다. 반면, 홀리데인 박스의 아서 메인 아나운서와 주다 저스틴 해설위원은 계속 바비 슐츠과 구단의 무능을 지적하기 바빴다.

보스턴의 페이롤은 메이저리그 3위로 1억 7,300만 달러다. 2위 필라델피아와는 100만 달러, 1위 양키스와는 2,500만 달러 차이가 나지만 지금 양키스는 아메리칸리그 1위로 2위와는 일곱 경기, 레드삭스와는 여덟 경기 차이가 난다.

페이롤 2위인 필라델피아 필리스가 내셔널 리그 동부 지구 꼴찌를 하고 있는 것에 비하면 그냥저냥 봐줄 만하지만, 그렇다고 위로가 되는 것은 아니었다. 레드삭스기 투자한 돈의 설

반도 안 되는 팀 중에서 빨간 양말보다 더 잘하는 팀도 많았기 때문이다.

바비 슐츠 감독은 자신의 불행이 오늘 한 경기라고 생각하고 있었다. 지금 치열한 각축을 벌이고 있는 시점에서 이 한 경기는 무척이나 치명적인 것이었다. 하지만 그는 몰랐다. 삼열의 복수가 얼마나 끈질긴지를 말이다.

─레드삭스, 오늘 퍼펙트게임을 당할지도 모르겠군요. 7회 말이 끝났는데도 안타가 하나도 없습니다. 볼넷도 없습니다. 자기가 버린 마이너리그 선수에게 오늘 혹독하게 당하고 있네요. 들리는 말에 의하면 삼열 강 선수가 빨간 양말이라면 이를 간다고 하더군요. 트레이드당할 때 제대로 된 협의나 통지도 없었던 모양이더라고요.

─정말입니까? 만약 그게 정말이면 이를 갈 만하겠는데요.

─삼열 강 선수는 그 당시 양키스에서도 탐을 냈었죠. 레드삭스보다 계약금을 더 준다고 했는데 삼열 강 선수가 우리의 자랑스러운 레드삭스를 선택했었던 건데요. 만약 그 소문이 사실이라면 이거 아주 큰 문제가 되겠네요.

아서 메인 아나운서와 주다 저스틴 해설 위원은 낄낄거리며 중계방송보다는 레드삭스를 까는 데 시간을 할애했다.

사실 중계할 것도 별로 없었다. 퍼펙트게임을 당하고 있으니 말이다.

원래 지역 방송은 편파적일 정도로 지역 팀에 유리한 방송을 하는데 이들은 그렇지가 않았다. 그럴 수밖에 없는 것이 트레이드시킨 선수는 메이저리그 최고의 투수가 되어 있는데, 컵스에서 트레이드된 두 명의 선수는 아직도 마이너리그에 있기 때문이다. 게다가 엄청난 돈을 투자한 것치고는 성적도 별로 좋지 못했다.

물론 다음 날이 되면 다시 레드삭스에 유리한 방송을 하기 시작할 것이다. 방송 중계권을 무시할 수는 없으니 말이다.

*   *   *

8회에 컵스가 다시 1점을 내 4 : 0으로 앞서가고 있었다. 삼열은 마음을 진정시켰다. 그리고 속으로 외쳤다.

'복수는 나의 힘! 반드시 복수하고 말 거야.'

마음을 다잡자 느슨해졌던 근육들이 다시 긴장하기 시작했다.

1회부터 전력 투구를 해서 피로가 느껴졌지만 아직까지는 던진 공이 별로 되지 않았다. 68개. 삼열은 너무 일찍 힘을 뺀 것이 자신의 실수라는 것을 인정했다. 그렇다고 이제 와서 퍼펙트게임을 포기할 수도 없었다.

삼열은 경기가 시작되기 전에 선수들을 불렀디. 포수를 포함하여 내야와 외야진들이 그의 손짓에 모여들었다.

"왜, 무슨 문제 있어?"

"그동안 심심했지? 이제부터 공이 좀 날아갈지도 몰라. 정신 바짝 차려서 나의 위대한 퍼펙트게임에 일조해 주면 거하게 밥 살게."

"난 일부러 놓쳐야지."

스트롱 케인이 뻔뻔한 삼열의 말에 퉁명스레 대답했다. 물론 그럴 생각은 없었다. 퍼펙트게임이 뭔가? 100년의 역사에서 스물두 번밖에 없는 위대한 업적이다. 그것에 침을 뱉을 의도는 전혀 없었다. 단지 삼열의 말이 마음에 안 들었을 뿐이다.

"힘이 좀 빠졌어?"

레리 핀처가 삼열의 상태를 눈치채고 말했다.

"네, 조금 버거운 것 같아서요. 부탁해요."

"걱정하지 마. 내 앞으로 오면 절대로 놓치지 않을게."

"고마워요."

내야진과 외야진이 자신의 자리로 돌아가자 삼열은 눈을 감았다. 잔잔한 바람 소리가 귓가를 스쳤다.

'여기는 메이저리그. 멈추지 않겠어. 나의 복수는 아직 시작도 안 했어!'

삼열은 눈을 뜨고 공을 던졌다. 공이 날아가다가 타자 앞에서 변했다.

딱.

삼열은 자신의 앞으로 굴러온 공을 집어 침착하게 1루에 던졌다. 4번 타자를 내야 땅볼로 잡고 삼열은 안도의 한숨을 내쉬며 크게 호흡했다. 이번 이닝만 버티면 하위 타선으로 이어진다.

레드삭스는 퍼펙트게임을 당하지 않으려고 대타를 내겠지만 삼열은 차라리 그렇게 되기를 바랐다. 그들은 자신의 공을 처음 보니 이미 익숙한 타자들보다는 나을 것이다.

어깨가 조금 뻐근한 것이 느껴졌다.

사실 105마일씩 던질 필요도 없었다. 95마일만 던졌어도 그의 공을 칠 선수는 별로 없었다. 하지만 꼭 이기고 싶었다. 그것도 퍼펙트게임으로 말이다.

삼열은 호흡을 크게 하고 타석에 들어서는 타자를 바라보고 공을 던졌다. 처음으로 초구에 체인지업을 던졌다. 움찔 놀란 타자가 급히 배트를 휘둘렀지만 맞히지는 못했다.

삼열은 다음 공으로 커터와 투심을 던져 가볍게 타자를 삼진시켰다. 그리고 6번 타자 존 로스를 파울 플라이로 잡고 8회를 마쳤다.

펜웨이 파크의 관중들은 이 흥미로운 결과에 침이 마를 징도였다. 3루쪽에 있는 컵스의 팬들은 신이 났다. 설마 보스턴의 구장에서 퍼펙트게임을 보게 될 줄은 생각하지도 못한 것이다.

"괜찮아?"

삼열의 피곤한 얼굴을 보며 라이언 호크가 말을 걸었다.

"괜찮아요. 앞으로 9이닝도 더 던질 수 있어요."

라이언 호크는 삼열의 말이 진심이 아닌 것을 알았다.

자신이 작년에 37이닝 연속 무실점 행진을 경험했기에 지금 삼열이 얼마나 초조한지를 잘 안다. 처음에는 기록을 의식하지 않다가도 주위에서 알게 모르게 눈치를 주게 마련이다.

카운트가 시작되면 처음의 평정심은 사라지고 마음은 초조해지고 조급해진다. 그런 상황을 이겨내고 계속 기록을 이어가는 것은 강철 같은 멘탈이 없으면 불가능한 일이다.

삼열은 의자에 앉아 눈을 감았다. 벽에 비스듬하게 기대어 오로지 복수만 생각하였다. 그러자 투지가 끓어올랐다. 그러나 지금은 쉬어야 할 때였다. 삼열은 호흡을 크게 하며 마음을 다잡았다.

퍼펙트게임을 놓쳐도 어쩔 수 없다. 하지만 끝까지 도전할 것이다. 반드시 레드삭스에게 지구만큼 큰 감자를 먹일 것이다.

그는 눈을 감고 쉬면서 짧지만 깊은 명상을 했다. 마음이 조금은 차분해지고 몸도 회복되었다. 컵스의 9회 초 공격은 득점 없이 끝났고 드디어 마지막 이닝만 남았다.

삼열은 마운드에 섰다. 조금의 피곤함도 보이지 않고 거만하고 오만한 모습으로, 마치 왕이 신하를 내려다보는 것처럼. 레드삭스에게는 그래도 된다고 생각했다.

역시 대타가 나왔다. 우타자인 웨인 자크가 타석에 들어섰다. 그는 얼굴 가득 수염이 덥수룩하게 났고 눈매가 날카로웠다. 그렇지만 올해 타율은 0.262에 지나지 않았다.

역시나 그는 노련하게 나왔다. 퍼펙트게임이 거의 확실시되자 플레이트에 바싹 붙어서 타격을 준비했다.

처음과 달리 지금은 투수가 피해 가야 한다. 히트 바이 어 피치드 볼이나 볼넷은 기록을 깨는 것이기에 피할 것이라고 본 것이다.

삼열은 그런 그의 모습에 화가 났지만 어쩔 도리가 없었다. 상대 타자도 최선의 선택을 한 것이다. 삼열은 공을 던졌다. 공은 여전히 날카롭게 제구되어 타자 앞에서 휘어졌다.

웨인 자크는 움찔 놀랐다. 더그아웃에서 보는 것보다 구속과 움직임이 좋았던 것이다.

'아직도 이런 구위를 유지하다니. 괴물이구만.'

그가 감탄을 하는 사이 103마일의 포심 패스트볼이 포수의 미트에 박혔다.

펑.

웨인 자크는 자기도 모르게 뒤로 조금 물러났다. 그는 호흡을 크게 하고 다시 타석에 붙어 섰다. 이번에는 체인지업이 들어왔으나 손도 대지 못하고 아웃을 당했다. 무슨 체인지업이 88마일이나 나왔다. 그래도 워낙 직구와 구속 차이가 심하게나 배팅 포인트를 찾지 못했다.

한마디로 상대 투수는 괴물이었다.

두 번째 타자도 삼진으로 잡고 마지막 타자가 들어섰다. 라이언 스윙턴는 타석에 들어섰을 때 긴장감으로 마른 입술을 혀로 축였다. 자신이 안타를 쳐야 하는데 상대 투수는 조금도 지친 기색이 없었다.

"젠장할."

그는 아주 작은 소리로 중얼거렸다. 공이 날아왔고 무의식적으로 배트가 나갔다.

딱.

공이 멀리 날아갔다. 스트롱 케인은 뛰기 시작했다. 공이 너무 빨리 날아가 숨을 헐떡이며 글러브를 갖다 대었다. 그러자 타구가 그의 글러브에 빨려들다가 튀어나왔다.

스트롱 케인은 재빨리 오른손으로 떨어지는 공을 잡았다. 그는 공을 잡고 스텝이 엇갈려 앞으로 몇 발자국을 가서야 겨우 중심을 잡을 수 있었다.

그러자 함성이 펜웨이 파크에 울려 퍼졌다. 하나둘씩 관중이 일어나더니 종국에는 모든 관중이 기립 박수를 치기 시작했다.

삼열은 기뻤다. 날아갈 듯 기뻤다. 퍼펙트게임을 해서도 기뻤지만 레드삭스에 큰 감자를 먹일 수 있어서 다행이었다.

감격스러웠다. 모두 나와 삼열을 축하해 주었다.

"악! 누구야?"

누군가 삼열의 등짝을 심하게 때렸다. 뒤를 노려보자 모두 딴청을 피웠다. 그때 스트롱 케인의 어색한 얼굴이 들어왔다.

"너지?"

"어떻게 알았지?"

삼열이 다가올 기미를 보이자 스트롱 케인은 재빨리 뒷걸음질하더니 그대로 도망갔다. 삼열은 그의 뒤를 쫓아갔다.

스트롱 케인은 숨을 헐떡이며 재빨리 3루 관중 앞에 가서는 두 손을 위로 올리고 파워 업을 외쳤다.

삼열은 자연 걸음을 멈추었다. 다정한 팬들이 그를 보며 큰 박수로 축하해 주었기 때문이다. 삼열은 팬들에게 인사를 하고는 스트롱 케인을 보고 말했다.

"상당히 아팠다."

"하하, 어쩌다 보니 손에 힘이 실렸네."

"너 혹시 아까 그 공도 일부러 그런 거 이냐?"

"앗! 어떻게 알았지?"

삼열은 피식 웃으며 스트롱 케인의 어깨를 두들겼다. 오늘은 뭐를 해도 용서해 줄 수 있을 것 같은 날이다. 퍼펙트게임을 한 날이니까. 100년의 메이저리그 역사에서 이제 스물세 번째 주인공이 탄생한 것이다.

원더풀 스카이의 찰리신 아나운서가 큰 소리로 외쳤다.

—퍼펙트, 퍼펙트입니다! 굉장합니다!

그는 너무 소리를 질러 목소리가 갈라졌다. 옆에 있던 메카인 해설 위원도 감격스럽기는 마찬가지였다. 메이저리그에 데뷔한 해에 노히트 노런과 퍼펙트게임을 동시에 이루어 내다니.

1승 거두기도 힘든 메이저리그에서 두 개의 대기록을 1년에, 그것도 단 한 사람이 이루어 내었다는 사실이 경이로웠다.

—평안한 경기는 아니었죠. 위기가 사실 오긴 왔었어요.

—정말입니까?

찰리신 아나운서가 새로운 말에 귀를 쫑긋하며 그의 말을 들었다.

—아까 8회에 삼열 강 선수가 내야와 외야진을 불러 모았지 않습니까? 그때 그는 아마도 자신의 몸에 이상을 느꼈을 겁니다. 힘이 빠졌다는 것 말이죠.

―그렇다면 삼열 강이 부상이라도 입었다는 말인가요?

―아닙니다. 단지 자신이 이전 이닝처럼 던지지 못하니 수비수들에게 그 상태를 알린 것 같습니다. 하하, 이런 날은 인터뷰가 없을 수가 없겠죠. 오늘은 참으로 많은 기자가 참석할 것 같은데 쉽게 인터뷰에 응해줄지 모르겠습니다.

―그래도 지역 방송인데 해주겠죠, 하하.

찰리신 아나운서와 메카인 해설 위원은 리포터가 인터뷰하기 전까지 오늘 경기를 되짚으며 분석을 하기 시작했다.

―아, 인터뷰가 연결되었다 합니다. 나오미 기자, 나와 주세요.

삼열은 기자들에 둘러싸여 인터뷰를 시작했다.

―시카고 트리뷴지의 마이클 자네스 기자입니다. 1년 사이에 노히트 노런과 퍼펙트게임을 했는데요, 기분은 어떻습니까?

―기분은 좋습니다. 하지만 저를 엿 먹인 레드삭스를 침몰시킨 것이 더 기분 좋군요.

―무슨 말씀이시죠?

―저는 레드삭스와 팬들을 존경합니다. 그러나 몇몇은 멍청이들이며 예의가 없는 염소이더군요. 나는 양키스로 갈 수도 있지만 위대한 레드삭스를 선택했습니다. 그런데 갑자기 저를 컵스로 트레이드시키더군요. 구단은 제게 한마디 물어보지도

않았고, 언론에 발표되기 하루 전에야 비로소 통보해 주었습니다. 전 아무 이유도 모른 채 시카고로 가는 비행기를 타야 했죠.

—그럼 레드삭스의 벤 케링턴 단장과 바비 슐츠 감독을 원망하신다는 말인가요?

—누구요? 전 그분들의 이름은 기억 못합니다. 그 사람들은 언급할 가치도 없습니다.

—그럼 퍼펙트게임도 삼열 강 선수를 버린 레드삭스에 대한 복수극이었나요?

—물론입니다. 그렇지 않으면 제가 뭐가 좋다고 힘들게 땀을 뻘뻘 흘리며 공을 던졌겠습니까? 적당히 던지다가 내려가면 우리 시카고 컵스의 훌륭한 계투진이 안전하게 제 승수를 챙겨줄 텐데 말이죠.

—그렇다면 퍼펙트게임의 의미가 없다는 말씀인가요?

—저번에도 말씀드린 것인데 퍼펙트가 뭡니까? 오늘 제 투구는 그런대로 썩 괜찮았지만, 그렇다고 뭐가 퍼펙트입니까? 야구에는 퍼펙트가 없다고 봅니다. 저보다 훌륭한 공을 던져도 수비수가 실수하면 말짱 꽝이고, 저처럼 운이 좋으면 되는 거죠. 이런 게임은 사실 수비들의 도움 없이는 곤란해요.

삼열은 예의 뻔뻔한 얼굴로 튀어나오는 대로 망설임 없이 말했다. 그러다가 구단주나 팬들 앞에서는 삭삭 기었으며 바비 슐츠 감독이나 벤 케링턴 단장은 노골적으로 무시했다. 그러고는 기자들이 보는 앞에서 파워 업을 외치고는 당당히 티셔츠를 선전했다.

기자들도 이런 그의 행동을 보고 웃고 말았다.

어쨌든 오늘은 그의 날이었다. 어둠이 서서히 내려앉은 보스턴의 밤공기가 유난히 상쾌했다.

*   *   *

보스턴 레드삭스는 하룻밤 사이에 난리가 났다.

신문, 방송 등 온갖 매체에서 구단을 비난하고 나선 것이다. 물론 삼열의 예의 없는 태도를 문제 삼는 매체가 없었던 것은 아니지만 대부분의 언론들은 그것을 무시했다. 왜냐하면 삼열은 원래 그런 놈이니까 더 거론해 봤자 지면만 낭비할 뿐이기 때문이었다.

마리아는 아침에 배달된 신문을 보았다.

모든 신문이 한결같이 삼열에 대해 쓰고 있었다. 심지어 그녀가 보는 뉴욕 타임지에도 삼열의 사진이 크게 실렸다.

마리아는 빙그레 웃으며 내용을 읽었다.

—버림받았던 괴물 투수, 레드삭스를 침몰시키다.

우리는 메이저리그 역사상 가장 위대한 투수를 어제 보았다. 그는 워싱턴 내셔널스를 상대로 노히트 노런, 두 달 후에 보스턴 레드삭스를 상대로 퍼펙트게임을 달성했다.

어제의 경기는 메이저리그 역사상 스물세 번째의 퍼펙트게임이었다.

메이저리그는 1876년에 내셔널 리그가 창단되었고 1901년 아메리칸 리그가 만들어졌다. 137년 동안 데뷔 첫해에 노히트 노런과 퍼펙트게임을 모두 이룬 신인은 단 한 명도 없었다.

그는 현재 9승 1패로 내셔널 리그 다승 공동 1위이며, 77이닝에 7자책점으로 평균자책점은 무려 0.818로 메이저리그 전체 1위, 그리고 삼진은 112개로 내셔널 리그 1위다. 방어율, 다승, 탈삼진이 모두 1위로, 이대로 시즌을 끝내면 트리플 크라운이 확실시된다.

자신의 사랑스러운 팬의 죽음을 애도하는 경기에서 퍼펙트게임을 망친 우익수 빅토르 영을 폭행해 20경기 출장 정지를 받은 것을 감안한다면, 그는 이미 메이저리그 최고의 투수라 할 수 있다.

삼열 강은 악동으로 소문났지만 환상적일 만큼 아이들이 그를 좋아한다. 그 역시 아이들을 사랑하고 진심으로 대한다.

그가 만든 '파워 업'이라는 슬로건은 이제 컵스의 구호가 되었으며 티셔츠로도 만들어져 팔리고 있다. 물론 불티나게 팔리고 있는 것은 두말하면 잔소리다.

레드삭스는 1920년 1월 4일 베이브 루스를 양키스에 12만 5천 달러에 팔았다. 불행히도 해리 프레지 구단주가 버릇없다고 욕한 베이브 루스를 데려간 양키스의 관중은 그해 60만 명에서 120만 명으로 늘어났다.

삼열 강 선수를 데려간 시카고 컵스는 올해 12%의 관중이 늘었다. 모두 삼열 강 선수의 강속구를 보러 가는 것이다. 그는 단순히 공을 잘 던지는 투수가 아니다. 쇼맨십이 있고 감동이 있으며 사랑이 있다. 영화 같은 감동이 있다. 야구에서 이 이상의 무엇을 더 바라겠는가.

레드삭스가 왜 이 위대한 투수를 시카고 컵스에 넘겼는지는 정말 의문이다. 삼열 강은 마이너리그에 있을 때도 100마일의 공을 던졌다. 레드삭스는 밤비노의 저주가 깨졌다고 안심하며 이제는 돈으로 승리를 사려고 한다.

그러나 1억 7천 3백만 달러는 레드삭스가 정신적으로 얼마나 부패했는지를 보여주는 부끄러운 숫자일 뿐이다. 1억 7천 3백만 달러를 투자한 거대한 제국이 단지 48만 달러의 연봉을 받는 투수에게 침몰하는 광경을 어제 레드삭스의 팬들은 두 눈을 뜨고 멍하니 지켜봐야만 했다.

뉴욕 타임스, 빕 킨스 기자.

마리아는 빠르게 기사를 읽고는 큰 소리로 파워 업을 외쳤다. 그리고 삼열의 소식을 더 보기 위해 TV를 틀었다. 그녀는 채널을 몇 개 돌려 삼열에 대한 뉴스가 있는지 살펴보았다.

원더풀 스카이 채널에서 막 광고가 끝나고 삼열에 대한 기사를 준비하고 있었다.

시카고에서 굉장히 유명한 존 월터 앵커가 진행하는, '존 월터와 함께 세상을'이라는 아침 프로그램에서 어제 삼열의 퍼펙트게임을 보여주고 있었다. 어제 경기에서 보았던 내용이지만 보고 또 보아도 조금도 질리지 않았다.

—레이니 기자, 어떻습니까? 메이저리그에서 이렇게 엄청난 괴물 신인의 등장은 유례가 없었는데 말이죠.

존 월터는 옆에 앉은 금발의 기자에게 물었다.

—네, 그 유명한 마틴 스트라우스도 데뷔 해인 2010년에는 5승, 작년에서야 15승을 달성하였습니다. 마이너리그나 전미 대학 경기 협회인 NCAA에서 뛰어난 성적을 거두었던 마틴 스트라우스도 메이저리그의 높은 벽 앞에서 발걸음을 잠시 멈춰야 했는데요, 삼열 강 선수의 앞을 막을 장애물은 당분간 없어 보입니다.

—그렇군요.

—다른 사람은 평생에 한 번 하기도 힘들다는 노히트 노런

과 퍼펙트게임을 메이저리그 데뷔 1년 차에 이루었다는 것은 생각조차 하지 못할 일입니다. 게다가 다승 공동 1위, 방어율 1위, 삼진 1위, 피안타율 1위, 피OPS 1위 등 모든 기록에서 1위를 달리고 있습니다. 이대로 간다면 투수 부분 트리플 크라운은 물론 사이영상은 거의 확정적이라는 소식입니다.

─그렇게 대단한 선수를 보스턴 레드삭스는 왜 시카고 컵스로 트레이드시켰죠?

─샘 오마츠, 더글라스 데이브와 이 대 일 트레이드 자체는 문제가 없어 보입니다. 이들이 아직 메이저리그에 올라오지는 못하고 있지만 트리플A 리그에서 뛰고 있으니 계기만 있으면 메이저리그에 올라와서 뛰는 것은 어렵지 않습니다. 다만 삼열 강 선수가 레드삭스의 산하 포틀랜드 씨 독스에서 치러진 마지막 세 경기에서 제구력의 난조를 보였지만 그때도 100마일의 공을 던졌다는 점을 생각한다면 이해할 수 없는 트레이드가 맞기는 합니다.

─이렇게 보면 삼열 강 선수가 메이저리그 최고의 투수라고 말해도 괜찮지 않을까요?

─물론입니다. 아직 삼열 강 선수가 메이저리그 첫해라 전망하기는 조심스럽지만, 올해 기록만 놓고 본다면 어떤 사람도 그가 최고의 투수라고 말하는 것에 이의를 제기할 수 없을 것입니다. 다만 첫해 엄청난 활약을 하다 2년 차 징크스에

빠지는 경우도 많아 아직은 단언하기는 이릅니다.

─하하, 그렇군요. 수고했어요, 레이니. 다음 소식입니다.

마리아는 입가에 미소를 머금고 TV를 껐다.

보고 또 보아도 너무 즐거워 콧노래가 저절로 나왔다. 그녀는 삼열이 평상시 레드삭스에 대해 어떠한 마음을 갖고 있는지 너무나 잘 알고 있었다. 삼열이 레드삭스에 버림을 받을 때 마리아도 무척이나 화가 났었다. 그때는 삼열과 연인 관계가 아니었는데도 말이다.

그녀가 시카고 컵스로 옮긴 이유는 물론 삼열 때문이다. 인연은 가까이에, 즉 사랑은 반경 70m 내에 있다는 말처럼 그와 가까워지기 위해 컵스로 왔다. 하지만 그녀가 그렇게 용기를 낼 수 있었던 이유 중의 하나는 레드삭스에 대한 실망 때문이기도 했다.

마음이 곱기만 하던 마리아도 삼열을 따라 뒤끝이 생기기 시작했다. 그녀는 온실 안의 화초처럼 고귀하게 자랐지만 세상에 비와 바람과 폭풍우가 있는 것을 알게 되면서 겸손함을 배웠다. 세상을 안 화초가 가장 이상적으로 변한 것이라고 할 수 있는데 지금은 뒤끝도 생기기 시작했다.

사랑하면 서로 닮는다. 좋은 점만 변하는 것이 아니라 나쁜 점도 은연중에 닮아간다.

"파워 업!"

마리아는 잠시 귀엽게 깡충 뛰고는 문을 잠그고 회사로 출근했다. 그녀가 나간 빈방에는 고요함이 머물렀고 따뜻한 햇살이 살며시 창문 사이로 스며들어 싱크대와 책상 위에 자리를 잡았다.

삼열은 연습장으로 가서 컵스의 선수들과 코치를 만나 다시 한 번 축하를 받았다. 퍼펙트게임을 이룬 것은 삼열이지만 이는 구단의 업적이기도 했다.

컵스의 모든 선수는 이제 빛나는 별처럼 두 눈을 반짝이고 있었다.

"헤이. 삼열, 왔어?"

"네, 어제 충고 고마웠어요."

레리 핀처가 피식 웃으며 그의 어깨를 두들겼다. 삼열은 어깨를 통해 전해지는 촉감을 느끼며 그가 정말로 자신에게 호의를 가진 것을 알았다.

"다시 한 번 퍼펙트게임 축하해."

"고마워요."

"그리고 어제 인터뷰 멋졌어."

"저야 말은 잘하죠."

"후후, 어쨌든."

삼열은 레리 핀처의 옆에서 배트를 휘두르며 타격 연습을 하기 시작했다.

"투수가 웬 타격 훈련?"

"요즘은 다 잘해야 해요."

"후후."

레리 핀처가 다시 웃었다. 그는 올해 다시 3할의 타율로 돌아왔고 결정적일 때마다 안타와 홈런을 치면서 최고의 해를 보내고 있었다.

삼열은 열심히 배트를 휘둘러 자세를 교정하며 시간을 보냈다.

*　　　　*　　　　*

삼열이 느긋하게 연습실로 들어오는 그 시간에 한국의 모든 방송에서는 삼열에 대해 일제히 포문을 열었다. 보스턴 레드삭스와 벌였던 어제의 경기가 아침부터 저녁까지 끊임없이 보도되었다.

한국은 보스턴보다 열세 시간이 빠르다. 저녁에 벌어진 사건이 다음 날 새벽에 전달되기에 어제 삼열이 이룬 퍼펙트게임은 아침 열한 시가 되어서 전해졌다. 물론 KBC ESPN을 통해 야구팬들은 몇 시간 먼저 알았지만 말이다.

출근해서 삼삼오오 모여 TV로 보기도 하고 스마트폰으로 생중계를 보는 사람들도 많았다. 회사원들은 상사 몰래 인터넷으로 이날의 결과를 검색해서 보느라 정신이 없었다.

대한민국이 들썩였다. 메이저리그에서 노히트 노런에 이어 퍼펙트게임을 하다니.

사람들은 만나면 삼열에 대해 이야기했고 여자들 중에서도 눈치가 빠른 이들은 삼열에 대해 인터넷으로 검색하기 시작했다.

"어머, 한국 나이로 스물두 살밖에 안 돼."

"키가 197센티미터나 돼. 잘생겼다. 어머, 몸매 봐. 조각 근육이야. 아~ 너무 멋지다."

"어머나, 서울대 수석 입학도 했네. 완벽해!"

여자들은 평범하게 생긴 삼열의 얼굴을 보고 상상을 하기 시작했다. 로맨스를 꿈꾸는 상상은 언제나 행복하다.

200만 달러가 넘는 계약금, 48만 달러의 연봉은 물론 앞으로 받게 될 천문학적인 연봉은 박봉에 시달리는 여자들의 로망이다.

"야, 너 봤어?"

"뭐, 강삼열이?"

"응… 아, 나 자느라 못 봤는데. 아, 젠장. 봤어야 했는데."

"음히히히, 난 봤지. 죽이더리고. 최고 구속이 106마일이었어. 170㎞/h라고. 이거야말로 미친 구속이지. 어떤 타자가 그 공을 치겠어? 눈만 깜빡이며 꼼짝을 못하더라고. 삼진도 열여섯 개나 잡았어. 굉장하지?"

"인간이 170을 던질 수 있다는 것 자체가 경이롭다. 젠장, 당장 강삼열 팬 카페에 가입해야겠다."

"그기 알아?"

"뭐?"

"파워 업 말이야. 미국에서 엄청 선풍적 인기를 얻고 있는 삼열이의 파워 업 말이지."

"아, 내 막냇동생뻘밖에 안 되는 자식인데 엄~청 부럽다."

"그렇게 되기까지 얼마나 힘들었겠냐? 우리도 파워 업 하자. 다음에는 승진해야지."

"맞아, 파워 업!"

장미화는 오랜만에 강남의 에스테에서 마사지를 받으며 아는 사모님들과 이야기를 하고 있었다. VVIP를 위한 공간이라 거실에는 몇 명밖에 없었다.

그중 장관 부인이 TV를 틀었다. 대기업 회장의 부인이 음료수를 샀다. 종업원이 가져온 음료수를 마시는데 채널을 돌려도 모두 야구 이야기밖에 안 나왔다.

"오늘 왜 이러지? 드라마를 안 하네."

"김 여사님, 그냥 놔두세요. 오늘은 어디를 틀어도 마찬가지일 거예요. 한국인 투수가 메이저리그에서 퍼펙트게임을 했더라고요. 우리 그이가 그러는데 엄청난 거라고 하네요."

"뭐가요? 공 하나 잘 던지는 건데."

"호호호. 우리나라 고교생들 중에 야구하는 아이들이 1,500명이래요. 그런데 미국은 45만 명이래요."

"그렇게 많아요?"

"네. 야구팀이 있는 대학도 한국은 34개라면 미국은 1,800개나 된대요. 그런데 그중에서 고르고 골라서 데리고 가는 곳이 메이저리그도 아니고 마이너리그라는데, 강삼열은 1년 만에 메이저리그로 올라와 노히트 노런과 퍼펙트게임을 했으니 대단하지요."

"박 여사는 어떻게 그렇게 잘 알아요?"

"호호, 서당 개 삼 년이면 풍월을 읊는다고 하잖아요? 우리 그이가 집에 오면 늘 야구만 보는데요, 퍼펙트게임은 미국 메이저리그에서도 100년 동안 스물두 번밖에 없었는데 이번에 스물세 번째를 그 선수가 했대요. 우리 그이 회사에서도 그 선수한테 광고 제의를 했는데 거절당했나 봐요."

"그래요?"

장미화는 강삼열이라는 말을 듣자마자 가슴이 덜컥 떨어지는 줄 알았다. 지금 자신의 딸은 유수한 가문의 아들과 만나고 있었다.

하지만 눈치를 보니 삼열을 완전히 잊지는 못한 것 같았다. 발랄했던 성격이 변할 정도로 삼열과의 이별에 큰 충격을 받았다. 집안의 평화를 위해 눈을 딱 감고 연기를 했는데 그때는 야구가 이렇게 대단한 것인 줄 알지 못했었다.

"장 여사, 무슨 일이 있어요?"

"네? 아니에요. 잠시 생각할 것이 있어서요."

장미화는 이야기를 듣다가 머리가 아파 도저히 더 있을 수가 없었다. 양해를 구하고 먼저 숍을 나오는데 다리가 떨렸다.

'내가 망쳤어, 수화의 인생을. 삼열이가 이렇게 유명하게 될 줄 누가 알았겠느냐고.'

식은땀이 나고 어지러웠다.

어떻게 주차장으로 내려와 운전하고 집에 도착했는지 모를 정도로 혼이 다 나갔다. 그녀는 수화와 말다툼을 하다가 삼열의 얼굴에 신발을 던졌던 것을 기억하고는 입술을 깨물었다.

사람 팔자 모른다더니 고아였던 그가 이렇게 유명해질 줄 누가 알았겠는가.

장미화는 침대에 누워 쉬다가 일어나 다시 TV를 켰다. 차분하게 보니 삼열이 이번에 이룬 퍼펙트게임으로 미국이 들썩인 것 같았다.

TV에서 미국 언론들의 반응을 보여줬는데 폭스 TV는 물론 워싱턴 포스트, CNN, 뉴욕 타임스 등등 이름만 들어도 알 만한 신문과 언론에서 삼열의 퍼펙트게임을 톱기사로 뽑았다.

"하아."

한숨이 저절로 나왔다.

'그러면 뭐 하니. 운명은 빗겨 갔고 지나간 사랑은 되돌아오지 않는 법인데.'

장미화는 TV를 끄고 두 손으로 머리를 잡았다. 그러자 휘청하고 몸이 흔들렸다. 간신히 옆에 있는 벽을 잡고 쓰러지는 것을 면했지만 이미 마음은 무너져 내리고 있었다.

누군가가 슬퍼하면 다른 누군가는 기뻐한다. 그게 인생이다.

장미화가 딸의 인생에 일어난 일에 대해 가슴 아파하는 순간, 삼열은 미운 오리에서 백조로 탈바꿈하여 한국 최고의 이슈 메이커가 되었다.

가는 곳마다 삼열에 관해 이야기했고, 그가 던진 구질과 구속에 대해, 그리고 퍼펙트게임에 관해 이야기했다. 야구를 조금이라도 아는 사람들은 삼열의 이야기에 열을 올렸고 야구를 모르는 사람들조차 끼어들어 즐거운 시간을 보냈다.

한국 경제가 어려운 시절에 또 한 명의 영웅이 태어난 것이다.

박찬호는 국내에 돌아와 후배들과 야구를 같이 하였다. 잊히고 있는 전설은 그의 성숙한 인품으로, 이제는 더 이상 강속구를 던지지 못해도 가슴을 따뜻하게 채워주는 미담으로 사람들의 마음에 남았다.

그리고 새로운 영웅은 과거 그가 던졌던 공보다 더 빠른 공으로 사람들의 마음을 훔치기 시작했다.

*   *   *

삼열은 베일 카르도 감독을 만났다. 베일 카르도 감독은 오늘은 또 뭔데, 하는 표정으로 삼열을 바라보았다.

"저 오늘 타격 연습 무지 열심히 했어요."

"그래서?"

"그냥 그렇다고요."

"노리는 게 뭐야? 직설적으로 말해 봐."

"아하하하, 노리긴요. 난 우리 타자들이 계속되는 원정에 힘들어하는 거 같아서 뭐 도울 것이 없나 하고요."

"없어."

"있을 텐데요. 있어야 할 터인데요."

삼열이 삐딱하게 다리를 꼬고 말했다. 베일 카르도 감독이 기가 막혔는지 두 손을 들고 말했다.

"졌다, 졌어. 네놈이 원하는 것을 해주지."

"뭐, 그렇게까지 원하지는 않아요. 난 단지 팀을 도울 수 있을까 하고요."

"알았다니까. 코치한테 몸이 괜찮다는 보고를 받았으니 그거는 다행이다. 그리고 어제도 말했듯이 퍼펙트게임 축하한다."

"뭐, 그까짓 것을 가지고 자꾸 이야기해요."

삼열은 웃으며 자리에서 일어났다. 감독의 사무실을 나오니 여름이 다가오는지 바람도 불지 않는 날씨가 더웠다.

5. 나는야 타자다

경기가 시작되었다. 레드삭스는 어제의 패배를 만회하려는 듯 벼르고 있었다.

관중들도 응원 도구까지 가져와 경기가 시작하기도 전부터 레드삭스를 응원하기 시작했다. 이때까지 레드삭스의 팬들은 앞으로 무슨 일이 일어날지 전혀 모르고 있었다.

1번 타자로 삼열이 등장하자 펜웨이 파크가 웅성거렸다. 타격에 자질이 있다고 하지만 설마 오늘 타자로 나설 줄은 예상도 하지 못했다.

관중들은 보호대를 더덕더덕 붙이고 선두 타자로 나선 삼열을 보며 벌어진 입을 다물지 못했다. 마치 만화를 보는 듯했다.

놀라기는 선발 투수로 나선 존 베론도 마찬가지였다. 그는 한동안 자신의 눈을 의심하고 깜박거렸다.

'젠장, 박살을 내주겠다.'

그는 어제 퍼펙트게임을 달성한 삼열에게 공을 던졌다. 삼열은 1,700만 달러의 투수가 던지는 공을 그냥 바라보았다.

평.

"스트라이크."

공 끝의 움직임이 좋았다.

기본적으로 존 베론은 93마일의 직구와 78마일의 변화구를 던지는 투수다. 훌륭한 투수임에는 확실하지만 올해는 성적이 좋지 않았다. 5승 7패에 방어율이 4.44이나 되었다.

삼열은 구위를 보고 두 번째 공을 기다릴 때는 배트를 조금 짧게 잡았다. 공의 움직임이 심해 배트의 스피드가 느리면 타격하기가 쉽지 않으니까. 그는 올해 경기에서 초반에 잘 던지다가 후반에 볼넷을 남발해 스스로 무너진 경기가 많았다.

135승 92패로 승률은 높지만 통산 자책점은 3.87로 보스턴 타격의 지원을 많이 받은 투수에 속했다.

삼열은 방망이로 톡톡 자신의 발을 치면서 존 베론을 바라보며 미소를 지었다.

'너 이제 죽어봐라.'

삼열은 원 스트라이크 원 볼에 서서히 타격 준비를 했다. 일단 안타는 될 수 있으면 치지 않을 생각이었다. 그는 투수를 일찍 끌어내려 레드삭스의 중간 계투진을 모두 박살 낼 생각이었다.

타자로서 선망의 대상이자 스승이기도 한, 뺀질이의 원조 루크 애플링을 생각하며 삼열은 알까기를 시도했다. 뛰어난 동체 시력과 강력해진 손목의 힘으로 가볍게 상대 투수의 공을 끊어쳤다. 치는 족족 파울이었다.

다혈질인 존 베론은 뚜껑이 열릴 것 같았다. 상대 타자가 타격하려는 의지는 보이지 않고 던지는 족족 커트를 하고 있었기 때문이다.

"으아!"

그는 화가 나서 공을 던졌다.

톡!

공은 다시 파울 라인 밖으로 흘러갔다. 벌써 열두 개째다. 도대체 야구를 하려는 것인지 아니면 시비를 걸려고 나온 것인지 알 수가 없었다.

삼열은 상대 투수를 놀리는 표정은 이제 짓지 않았다. 안 그래도 뚜껑 열린 투수를 자극하는 것은 현명한 짓이 아니었다.

"볼."

존 베론은 열이 받았다. 볼을 던지면 기가 막히게 알아차리고 배트를 휘두르지 않았다. 그가 열네 번째 공을 던지자 포수가 올라왔다. 제르미 타르티즈가 존 베론에게 말했다.

"침착해요. 그리고 볼넷으로 보내면 안 돼요. 그는 발이 무척 빠르고 도루도 무척 많아요."

"알고 있어. 하지만 저 녀석이 열 받게 해."

"도발에 넘어가면 안 돼요. 일부러 저러는 거 알잖아요."

"오케이, 알았어."

제르미 타르티즈는 흥분한 투수를 안정시키고 내려왔다. 그는 전 포수 빅터 마르티네즈가 디트로이트 타이거즈로 이적하면서 주전 포수가 되었지만 그다지 뛰어난 선수는 아니었다. 올해 타율도 0.229에 지나지 않고 17개의 홈런이 있으나 타점이 낮았다. 게다가 수비도 그다지 좋다고 말하기 힘들었다.

삼열은 마운드에서 공을 던질 준비를 하는 존 베론을 보며 자세를 낮췄다. 강력하게 타격을 하겠다는 의지가 없으니 몸에 힘을 뺐다. 힘들게 할 필요가 없었다. 손목의 힘이 좋아지면서 커트를 해내는 것이 훨씬 쉬워졌다.

삼열은 공이 자신을 향해 날아오는 것을 보고 재빨리 뒤로 물러났다. 강화된 육체가 생각과 동시에 움직였다. 그렇지 않았다면 몸에 맞았을 것이다. 삼열은 히트 바이 어 피치드 볼을 맞아줄 생각은 단 1%도 없었다.

펜웨이 파크에 일순 웅성거림이 일었고 야유가 튀어나왔다. 삼열은 그냥 웃으며 다시 타석에 들어섰다. 그의 이런 대범한 행동에 박수가 터져 나왔다.

맞았다면 몰라도 맞지 않은 공에 성질을 낼 필요는 없다. 어차피 인생이란 그런 것이라고 생각했다. 화가 나서 반응하면 오히려 당하는. 레드삭스에게 더 철저하고 완벽한 복수가 필요했다. 그러니 이런 폭투를 빙자한 히트 바이 어 피치드 볼 따위는 웃어넘길 수 있었다.

마침내 볼카운트가 투 스트라이크 스리 볼이 되었다. 투수도 이제는 공에 더 이상 여유가 없었다. 반드시 스트라이크를 잡아야 하고 절대로 주자를 내보내어서는 안 된다. 1회에 아직 아웃 카운트 하나 잡지 못하고 있는데 주자를 내보내면 어떤 일이 벌어질지 모른다.

열다섯 개의 공을 던지고도 아웃 카운트를 잡지 못한 그는 마음이 초조했다. 그리고 조금 전에 던진 것은 의도적인 것이 아니었다. 실투가 맞았다. 그러나 홈 팬조차도 야유를 서슴지 않았다. 상태 타자가 어제 퍼펙트게임을 한 투수라 그런 것 같았다.

21구째 삼열은 우중간을 가르는 2루타를 치고 나갔다. 그는 2루에서 보호 장비를 벗어 1루 코치에게 주고 장갑을 꼈다. 3루 쪽 관중석에서 우레와 같은 박수가 쏟아져 나왔다.

강화된 신체에 눈까지 좋아졌는지 정말 공이 잘 보였다. 공의 붉은 실밥이 한 올 한 올 다 보일 정도였다.

존 베론 투수는 기운이 빠졌다. 한마디로 허탈했다. 별 이상한 타자를 많이 경험했지만 안타를 치지 않고 커트만 하려는 타자는 처음 보았다.

'젠장, 다음 타자를 잡으면 돼. 난 할 수 있어!'

하지만 마음을 다잡으려고 해도 마음 한구석에 불안감이 솟아나 새벽안개처럼 그의 마음을 서서히 잠식하기 시작했다. 아직은 환한 경기장이지만 그의 눈에는 조금 어두워진 것 같았다. 그는 공을 던졌다.

빅토르 영은 삼열의 뒤에서 그가 하는 것을 지켜보았다. 삼열을 따라 하고 싶었지만 엄두가 나지 않았다.

공이 날아왔다.

빅토르 영은 날아오는 공을 노려보고는 스윙을 하지 않았다.

펑.

"볼."

'젠장.'

존 베론은 이를 악물었다. 의도한 것보다 훨씬 바깥쪽으로 공이 날아갔다. 21개의 공을 던지느라 몸의 밸런스가 흐트러진 것이다.

유인구가 상대 타자에게 통해야 투수는 컨디션 조절이 쉬워진다. 투수가 모든 공을 스트라이크 존에 집어넣는 것은 쉽지 않은 일이고, 그렇게 되면 스트라이크 존을 좁게 보게 된다. 자연 몸의 밸런스가 무너지기 쉽다. 인간의 몸은 예상외로 예민하여 스트레스에 한없이 약하다.

삼열은 타자를 상대하느라 자신을 견제하지 않는 포수를 보고는 3루로 가볍게 도루를 하였다. 존 베론 투수는 3루로 뛴 삼열을 보고 이성을 잠시 잃었고 그 틈에 빅토르 영은 흔들리는 그의 공을 쳐 홈런을 만들어 내었다.

"하아."

어지러움을 느낀 베론 투수는 허리를 구부리고 손을 다리에 올려 간신히 버텼다. 여전히 노 아웃에 점수는 2점이 되었다.

삼열은 더그아웃에 들어와 동료들의 환영을 받았다. 잠시 후 빅토르 영이 들어와 삼열이 받은 것보다 더 크고 격렬한 환호를 받았다.

삼열은 마운드에 힘겹게 서 있는 상대 투수를 바라보았다.

아직 레드삭스의 불펜진들은 가동되지 않고 있었다. 그도 그럴 것이 어느 누가 1회에 선발 투수를 강판시킨단 말인가.

하지만 레드삭스의 1회 초는 길고도 길었다. 투 아웃에 만루까지 갔다가 1득점을 더 얻고 1회가 끝났다. 3득점에 9번 타자까지 타격을 하였다.

삼열은 컵스의 선수들이 그라운드로 달려가는 모습을 물끄러미 지켜보았다.

여기는 아메리칸 리그, 지명타자 제도가 있어 삼열은 수비하지 않아도 되기에 그대로 더그아웃의 의자에 앉아 있었다.

라이언 호크가 마운드에 섰다.

원래는 제5 선발인 랜디 팍스가 서야 하지만 삼열이 먼저 나오는 바람에 두 경기를 더 쉬어야 한다. 왜냐하면 삼열이 내일 경기에 선발 출장할 예정이었기 때문이다.

라이언 호크가 공을 던지는 것을 삼열은 물끄러미 지켜보았다. 제구가 잘되고 예리한 공이라 레드삭스의 타자들이 쉽게 공략할 수 있을 것 같지는 않았다.

삼열은 의자에 앉아 벽에 기대어 눈을 감았다. 잠이 저절로 몰려왔다.

꿈속에서 삼열은 마리아의 부모님을 만나고 있었다.

커다란 저택에서 부드러운 인상의 부부가 자신을 맞이했지만 얼굴은 제대로 볼 수 없었다. 마리아는 행복해 보였고 정원의 꽃들은 아름답게 피어 있었다.

따사로운 햇살에 몸을 의탁하며 한없이 그 분위기를 즐기는데 누군가 그의 어깨를 툭 쳤다.

"헤이, 삼열! 일어나. 주심이 기다려."

"응? …뭐?"

에밀리는 기가 찬 듯 그를 바라보았다. 시합 중에 잠을 자다니 황당했다. 물론 상대편의 수비진도 아직 완성되지 않았고 존 베론은 연습구를 던지고 있었다.

"꿈이었군."

"뭐야, 꿈까지 꿨었어?"

삼열은 그의 말에 대답하지 않고 타석으로 걸어 나갔다.

존 베론은 3실점을 하고 만루 상황까지 가서 공을 1회에만 52개를 던졌는데 그중 21개는 삼열에게 던진 것이었다.

'맛이 갔군.'

삼열은 존 베론이 한 이닝만 더 던지면 마운드에 더 서 있을 수 없을 것 같았다. 그래서 그를 완벽하게 끌어내리기로 결심했다.

'푹 쉬어라!'

삼열은 다시 커트하기 시작했다. 타석에 서면 삼열은 베이브 루스보다는 루크 애플링이 되기를 원했고, 그래서 그는 손목의 힘으로 날아오는 공을 톡톡 끊어서 파울을 만들고 있었다.

존 베론은 머리에서 스팀이 나올 것 같았다. 상대 타자가 작정하고 파울을 만들고 있었다. 벌써 열한 개째를 던졌다. 너무 화가 나서 온 힘을 다해 던졌다.

"헉!"

그는 자신이 던지고 나서야 무언가 이상한 것을 느꼈다. 손끝의 실밥이 제대로 걸리지 않고 미끄러진 것이다. 존 베론의 손을 떠난 공이 삼열의 허리를 향해 날아왔다.

이번 공은 너무 빠르게 날아와 개구리처럼 바닥에 그대로 쭉 뻗을 수밖에 없었다. 정말 전광석화같이 빠른 개구리였다.

공은 포수의 미트에 걸리지 않고 뒤로 빠졌다. 삼열은 벌떡 일어나 그대로 1루로 뛰었다. 그리고 흘깃 보더니 2루까지 내쳐 달렸다.

포수는 1회의 경험 때문에 당황하고 있다가 삼열이 1루에 거의 도달했을 때 공을 잡았고 2루로 송구를 하려다가 더듬었다.

인플레이 상황이라 주자가 마음 내키는 대로 뛸 수 있는데 삼열은 2루에서 멈췄다. 모두가 멍하니 이게 뭔가 하는 표정으로 삼열과 존 베론을 번갈아 보았다.

삼열은 두 번이나 고의성으로 의심되는 공을 받았지만 상관하지 않고 경기에 임했다. 주심은 존 베론의 공에 고의성이 있다고 판단하여 바로 퇴장 명령을 내렸다. 바비 슐츠 감독이 이의를 제기했으나 받아들여지지 않았다.

1이닝에 65개의 공을 던지고 퇴장 명령을 받아 라커룸에 들어간 존 베론은 멍하니 의자에 앉아 있었다. 이게 뭔지, 뭐가 뭔지 모를 것 같았다. 뭐가 막혔는지 가슴이 답답하였다.

바닥에 떨어지는 눈물방울을 보고 그는 자신이 울고 있음을 알았다.

레스터와 밤새워 마셨던 치맥 사건이 일어났던 라커룸에서 그는 구겨진 휴지처럼 쓰러져 잠이 들었다.

바비 슐츠 감독은 당황했다. 존 베론이 2회 초에 아웃카운트 하나 잡지 못하고 퇴장을 당할 줄은 꿈에도 생각하지 못한 것이다. 비록 1회에 공을 많이 던졌어도 3이닝이나 4이닝까지는 버텨줄 줄 알았다.

불펜에서 중간 계투진이 몸을 풀었다. 시간을 끌기 위해, 투수가 몸을 조금이라도 더 풀게 하려고 이의 제기를 격렬하게 했다.

사실 존 베론이 퇴장당한 것에는 별 이의가 없었다. 고의성이 없다고 해도 한 선수에게 두 번이나 그런 일이 일어났다면 누구나 고의성을 의심할 것이다.

존 아놀츠 투수가 몸을 채 풀지도 못하고 마운드에 올랐다. 빅토르 영은 배트를 단단히 부여잡고 새로 바뀐 투수를 노려보았다.

바뀐 투수의 초구를 노려라. 이는 야구의 가장 초보적인 격언이다. 몸이 제대로 풀리지 않은 투수의 초구는 노리기 좋다. 마운드에 적응하지 못한 공은 노련한 타자에게는 배팅 볼이나 다름없다.

존 아몰츠 투수가 공을 던지자 빅토르 영은 힘껏 배트를 휘둘렀다.

딱.

힘껏 뛰려던 삼열은 소리에 놀라 뒤를 돌아보았다. 왜냐하면 모두들 일어나 빅토르 영이 친 공의 방향을 바라보았기 때문이다. 타구는 가볍게 우측 펜스를 넘어갔다.

"와아!"

"홈런이다!"

"짜릿한데."

주로 3루쪽 관람석에서 큰 소리가 터져 나오며 분위기를 달구었다. 삼열은 홈 베이스를 밟고 이어 뒤따라온 빅토르 영이 득점하는 것을 지켜보았다. 1번 타자이지만 4번 타자 같은 역할을 하는 그였다.

"쳇, 저 녀석 좋은 일만 시켰군."

삼열의 말을 들은 라이언 호크가 빙그레 웃었다. 어쨌든 옆에 앉은 귀여운 악동 덕분에 경기가 잘 풀리고 있었다. 승리가 자신의 눈앞으로 바짝 다가왔으니 기분이 좋지 않을 수 없었다.

삼열도 일어나 빅토르 영을 격하게 껴안으며 축하를 해줬다. 카메라가 더그아웃 쪽으로 향한 것을 보았기 때문이다.

삼열은 의자에 앉아 눈을 감았다. 아까 꾸던 꿈을 이어서 꾸어야 하는데, 이번에는 잠이 오지 않았다.

'아까는 좋았는데.'

그는 마리아를 생각하며 미소를 지었다. 그리고 그녀는 무엇을 할까 생각했다.

그 시각 마리아는 일찍 퇴근하여 시원한 맥주를 마시면서 TV를 보고 있었다. 어제 삼열과 전화 통화를 해서 그가 타자로 나올 것을 알고 있었기 때문이다.

투수로 마운드에 서는 삼열의 모습도 멋있지만 타자도 좋았다. 그녀의 눈에는 삼열이 뭐를 해도 멋있게 보였다. 콩깍지가 쓰인 것이다.

"파워 업!"

마리아가 신나게 TV를 보고 있는데 핸드폰이 지잉 하고 울렸다. 화면을 보니 네 살 차이 나는 둘째 오빠 존 멜로라인이었다.

"헬로, 작은 오빠."

─마리아, 내 예쁜 동생. 잘 지냈어?

"응, 오빠는?"

─나야 뭐 그렇지. 그런데 너 연애한다며?

"어떻게 알았어?"

─그게 중요해?

"응, 중요해."

─그 녀석, 지금 화면에 나오는 놈이지?

마리아는 TV 화면을 바라보았다. 삼열의 얼굴이 크게 확대되어 나왔다.

'어떻게 알았지?'

하지만 마리아는 개구쟁이 오빠에게 실토할 수는 없었다. 존은 작은 일도 큰일로 만드는 특별한 재주가 있었다.

"남의 사생활에 관심 끄시지. 존 오빠야말로 그만 여자 갈아치우고 결혼을 하라고. 오빠가 울린 여자가 누구누구인지 내가 언론에 제보할까?"

수화기에서 '어이쿠!' 하는 소리가 들려오는 것을 보니 존이 어디에 걸려 넘어진 것 같았다. 바람둥이 존은 그 미끈하게 생긴 얼굴로 하루가 멀다 하고 여자를 갈아치웠다.

그중에는 영화배우나 모델도 있었다. 그것도 아주 유명한.

─아, 마리아. 나 바쁜 일이 생각났네. 잘 지내고, 아버지가 너 궁금해하시니 자주 전화 드려. 특히 엄마에게.

"응. 알았어, 오빠!"

마리아의 목소리가 다시 다정하게 변했다.

—하하, 그럼 이만.

존은 급히 전화를 끊었다. 마리아는 빙그레 미소를 지었다. 작은 오빠 존은 언제나 이랬다. 뭐 장난칠 것이 없나 찾지만 항상 어설펐다.

화면에는 컵스의 타자들이 나왔고 상대 투수는 공을 던졌다.

마리아는 하품했다. 삼열이 없는 시간을 이용해 조금 무리해서 일했더니 잠이 부족하였다. 시원한 맥주가 뱃속으로 들어가 식곤증을 불러온 탓도 있었다.

마리아는 소파에 기대어 그대로 잠이 들었다. 밖은 어두웠지만 조용했고 바람이 불어왔지만 심하지는 않았다.

정원의 조명등이 행복한 노래라도 부르는 듯 밝게 빛을 내뿜었다.

삼열은 피식 웃으며 그라운드를 바라보았다. 빅토르 영이 홈런을 쳐 스코어가 5 : 0으로 벌어졌다. 다음 타자는 스트롱 케인. 꾸준히 3할대를 치는 그는 올해 특별한 활약을 한 것은 아니지만 여전히 안타 제조기라는 말이 들어맞을 정도로 잘했다

딱.

삼열은 안타를 치고 1루에 진루하는 그를 보고 눈을 감았다. 그리고 어떻게 하면 레드삭스가 실수를 인정하게 만들까 고민하기 시작했다.

강자는 약자의 설움을 모른다. 바비 슐츠 감독과 벤 케링턴 단장은 마이너리그에 있는 그를 나사나 볼트처럼 취급했다. 그러니 아무런 통보도 없이 하나를 넘기고 두 개를 준다고 하니 얼씨구나 하고 다른 구단에 넘긴 것이다. 마침 가지고 있던 그 부품에 하자가 있다는 것을 발견했으니 말이다.

"반드시 복수해야 해!"

삼열이 외치자 주위에 있던 선수들이 몸을 움찔거리며 슬그머니 그에게서 멀어지려고 했다.

삼열은 즐거웠다.

오늘 특별히 지명타자를 하니 수비를 하지 않아도 되고 타석도 자주 있는 것이 아니니 아주 한가로웠다.

스트롱 케인이 안타를 치고 나간 후 이안 벅스가 아웃, 레리 핀처가 안타를 치고 나갔다. 다시 헨리 아더스가 다시 안타를 쳐서 1득점을 했고 로버트가 병살을 당하는 바람에 2회 초가 끝이 났다. 그러나 점수는 6 : 0이 되었다.

라이언 호크는 다승 공동 1위로 9승 2패 자책점 1.86으로 여전히 내셔널 리그 2위를 고수하고 있다.

삼열은 그가 공을 던지는 것을 보다가 의자에 비스듬히 누워 하늘을 바라보았다. 서쪽 하늘에서부터 점점 붉게 물들이는 노을은 너무나 아름다웠다. 관중석 가운데에서도 간혹 하늘을 보는 사람들이 있었다.

이렇게 멋진 날 하는 야구는 아쉽게도 전혀 낭만적이지 않았다. 삼열은 그렇게 생각하며 눈을 감았다.

라이언 호크가 공을 던지고 상대 타자는 배트를 휘둘렀다. 배트가 돌아가는 소리와 미트에 공이 꽂히는 소리가 삼열의 귀를 어지럽혔다.

라이언 호크는 삼열이 없다면 내셔널 리그의 1위가 될 선수다. 그러니 안심을 해도 된다. 그는 쉽게 점수를 내주지 않을 것이고 컵스는 이길 것이다.

그러나 그냥 이겨서는 안 된다. 오만함에 경고를 하고 무례함에 대한 사과를 받아야 한다. 그러기 위해서 오늘 경기는 뭔가 특별해야 한다.

적은 강하고 오만했다. 돈도 많은 구단이라 삼열이 할 수 있는 일은 없다.

상대에게 사과를 받고 싶어도 그럴 수가 없다. 그게 문제다. 사과를 받고 싶은데 어떻게 받을 수 있나?

없다.

그러니 할 수 있는 데까지 최선을 다해 한 내 지는 것, 그것이 오늘 삼열이 할 수 있는 모든 것이었다.

　그때 3루 관중석에 젊은 남자가 갑자기 나타났다. 아이들은 남자를 보고 고개를 갸웃거렸다.
　"형은 누구예요?"
　남자는 파워 업 티셔츠를 입은 갈색 머리의 백인 아이를 보며 짧게 대답했다.
　"미카엘."
　"자리가 없어요?"
　"그래."
　"왜요?"
　"돈이 없어서 담을 넘어왔거든."
　"와아, 정말요?"
　아이는 펜웨이 파크의 높은 담을 바라보았다. 아이가 생각하기에도 그의 말은 거짓 같았다.
　"어쨌든 난 표를 구매하지 않았어."
　"아하하. 뭐, 그럴 수도 있죠. 그래도 몰래 들어오는 것은 좋지 않은 일이에요."
　"그건 네가 말하지 않아도 잘 알아."
　"사람은 정직해야 한다고 아빠가 말씀했어요. 우리가 좋아하는 야구 경기를 선수들이 더 멋지게 하게 하려면 표를 사야 한다고요."

"네 말이 맞다."

"오늘은 봐줄게요."

"고맙군."

미카엘은 3루석 쪽의 계단에 앉아 경기를 지켜보았다. 아이들은 연신 파워 업을 외쳤다.

"오빠는 안 외쳐요?"

"뭘……?"

"파워 업이요. 우린 삼열 강 선수의 팬들이에요. 그래서 삼열 강 선수의 구호를 외치는 거죠."

"그렇군."

"한번 해봐요."

미카엘은 말없이 고개를 끄덕이고는 아이들이 파워 업을 외치면 따라서 외쳤다. 그의 크고 아름다운 음색이 3루 쪽에 있는 사람들의 귀를 즐겁게 했다. 그와 함께하는 응원은 마치 음악과도 같았다.

아이들은 모두 미카엘에게 반해 몰려들었다.

"와, 이 오빠 목소리 진짜 크다."

"듣기도 좋잖아."

"맞아, 맞아. 가수 하면 인기 좋을 것 같아."

아이들은 어려도 나름대로 생각이라는 것을 하고 산다. 그들이 생각하기에 미카엘의 크고 아름다운 성량은 능히 가수를 하고도 남을 만했다.

미카엘이 응원에 가세하자 관중석은 더욱 뜨거워졌다.

미카엘은 삼열이 말한 안테나를 만드느라 오는 데 시간이 좀 걸렸다. 그의 뛰어난 능력으로는 금방 만들 수 있었지만 지구의 상황에 맞는 재료를 쓰는 것이 좋을 것 같아 시간이 지체된 것이다. 물론 호텔의 쾌적하고 안락한 시설이 마음에 들어 여유롭게 작업을 했던 탓도 있었다.

이제 삼열에게 전해주고 떠나면 되었는데 삼열이 오늘 경기 중이라 이렇게 관중석으로 온 것이었다.

미개한 족속들의 스포츠라고 우습게 보았는데 응원하다 보니 제법 재미가 있어서 시간 가는 줄을 몰랐다.

"헤이, 삼열. 일어나."

"벌써 끝났어?"

"그래, 넌 왜 병든 닭처럼 자꾸 졸아? 슈퍼맨이라도 너처럼 자꾸 눈을 감으면 그렇게 될 거야."

삼열은 에밀리의 말을 듣고 그라운드를 바라보았다. 공수가 교대되고 있었다.

"스티브가 공격하는 거 아닌가?"

삼열은 혼잣말로 중얼거렸다. 누구 들으라고 하는 말이 아니어서 아무도 그의 말에 반응하지 않아도 신경 쓰이지 않았다.

그의 말대로 첫 타자로 스티브 칼스버그가 외야 플라이로 아웃되고 존 레이가 볼넷으로 걸어 나갔다. 삼열은 배트를 집어 들고 타석으로 걸어갔다.

새로 바뀐 투수는 마틴 알마니였다.

이미 결정이 난 시합에 좋은 투수를 내보내지 않으려고 바비 슐츠 감독이 수를 쓰는 것을 알고 삼열은 피식 웃었다.

점수가 더 난다면 아무리 그렇게 하려고 하더라도 통하지 않는다는 것을 삼열은 알고 있었다. 6 : 0으로 지는 것은 체면 한 번 상하면 되는데 15 : 0처럼 엄청난 차이가 나면 구단의 망신이 되어버리기 때문이다.

삼열은 여전히 타석에서 커트하기 시작했다. 이전보다 더 적극적으로 커트하자 투수가 힘들어하는 것이 확연하게 보였다.

삼열에게도 환호했던 레드삭스의 팬들은 이제는 그런 그를 향해 간간이 야유를 보냈다. 이것이 군중 심리다. 두 번의 히트 바이 어 피치드 볼을 맞을 뻔했어도 항의 한 번 하지 않던 그에게 이제는 야유를 퍼붓는 것이다.

삼열은 레드삭스 팬으로부터 야유를 받자 조금 있던 죄책감이 사라져 더 악질하게 상내 투수를 괴롭혔다.

마틴 알마니는 죽을 맛이었다. 던지는 족족 상대 타자가 커트를 해버리니 말이다. 그렇다고 여기서 더 점수를 주면 안 되니 계속 스트라이크를 던져야 한다.

원더풀 스카이의 찰리신 아나운서는 연신 감탄을 하며 방송을 하고 있었다.

―자니 메카인 씨, 삼열 강 선수가 의도적으로 저러는 것 같지 않습니까?

―배트를 쥔 모습과 타격의 메커니즘을 보면 상당히 일리 있는 말씀입니다. 일단 삼열 강 선수는 배트를 아주 짧게 잡고 있어요. 저런 상태로 타격하면 장타가 나오기는 거의 불가능에 가깝습니다. 그리고 타격 자세도 좀 다르지 않습니까?

―그러네요.

―다른 선수들은 배트를 어깨 뒤로, 또는 직각을 이룬 상태에서 칩니다. 그래야 타구가 멀리 뻗어 나가니까요. 그런데 삼열 강 선수가 배트 위치는 그것보다 상당히 내려와 있죠. 시애틀 매리너스의 스즈키 이치로 선수의 자세보다도 조금 더 내려와 있습니다. 스즈키 이치로 선수의 타격 자세도 사실 많이 내려와 있기에 장타가 힘든 타법입니다. 이치로 선수가 내야 안타가 많은 것이 그 이유죠. 다른 선수였다면 내야 땅볼로 아웃될 것을 그는 빠른 발로 안타를 만들어내는데, 삼열

강 선수의 타격 자세는 분명 의문의 여지가 있군요.

―그렇다면 어제 퍼펙트게임을 달성한 뒤에 굳이 타자로 나온 것은 혹시 이런 이유가 아닐까요?

―맞습니다. 아마도 그는 베이브 루스보다는 루크 애플링을 더 좋아하는 것 같군요. 하는 것을 보면 거의 루크 애플링이 환생했다고 해도 믿겠어요. 애플링은 2,800개 이상의 삼진을 잡은 밥 펠러 투수에게 28개나 던지게 하고 볼넷을 얻어낸 적이 있었습니다. 그는 메이저리그를 20시즌을 뛰었는데 정작 홈런은 45개밖에 쳐내지 못했지요. 하지만 어떤 위대한 투수라도 루크 애플링에게 걸리면 그날은 작살납니다. 차라리 투수들이 그에게 안타를 맞기를 소원했을 정도라니, 말 다했죠. 하하.

―아, 삼열 강 선수 정말 끈질기군요. 이번 타석에서도 벌써 투수에게 열두 개의 공을 던지게 합니다. 투 스트라이크 이후 다섯 개의 파울 볼 이후 볼, 그리고 다시 두 개의 파울 볼 이후에 볼, 그리고 이번에는 역시 파울 볼이군요. 이렇게 되면 어떻습니까? 투수의 심리상태 말이죠.

―한마디로 죽을 맛이죠. 삼열 강 선수가 발이 빠르지 않으면 볼넷으로 내보내고 다음 선수와 승부해도 될 터인데 그게 안 되니까요. 다음 타자가 홈런 두 개를 친 빅토르 영 아닙니까? 그러니 투수의 입장에서는 절대로 내보낼 수 없는 거죠.

—하하, 삼열 강 선수 뒤끝이 확실히 강하네요.

—하하, 설마 시카고 컵스의 선수들이 싸움을 못해서 삼열 강 선수를 피해 도망을 다니겠습니까? 저런 끈질긴 면이 있으니 피하는 거겠죠. 삼열 강 선수가 그나마 인정해 주는 선수가 라이언 호크와 레리 핀처 정도라고 알고 있습니다.

—그건 또 왜 그렇습니까?

—아, 동양인 중에 나이를 중요하게 여기는 사람들이 있는데, 한국인도 그렇다고 합니다. 나이 차이가 많이 나니 예의로 그러는 것이라고 할 수 있죠.

—그렇군요. 아, 마틴 알마니 선수 얼굴을 보니 울려고 하네요. 저 정도면 화가 나는 정도를 벗어난 것이라고 하겠죠.

—그러네요. 벌써 열여덟 개의 공을 던지고 있습니다. 이러다가 애플링의 기록도 경신하는 것 아닌지 모르겠습니다. 제가 확신하건대 삼열 강 선수는 루크 애플링을 무척 좋아하고 있을 겁니다.

—하하, 투수들이 가장 싫어하는 타자를 투수인 삼열 강 선수가 흉내를 내고 있으니 아이러니로군요.

—아, 마틴 알마니 선수 공을 안 던지네요. 벌써 24개의 공을 던졌어요.

—그래도 이러면 안 되죠. 경고를 먹을 겁니다. 더 시간을 끌면 퇴장을 당할 수도 있어요.

─하하, 그는 아마도 퇴장당하고 싶을 겁니다.

찰리신 아나운서와 메카인 해설 위원은 느긋하게 방송을 하고 있었지만 마운드에서 공을 던지는 마틴 알마니는 정말 울고 싶었다. 그는 그동안의 경기에서 길면 2이닝 정도를 던졌는데 이미 그 이상의 공을 던지고 있었다.

히트 바이 어 피치드 볼이라도 던지고 싶지만 아까 존 베론이 두 번이나 그와 비슷한 공을 던지다가 퇴장을 당한 터라 그럴 수도 없었다. '에라, 모르겠다' 하고 볼넷을 주려고 던져도 커트를 해내니 죽을 맛이었다. 그렇다고 그가 고의 사구를 던지자고 포수에게 먼저 요구할 수는 없었다.

결국 참다못한 포수가 고의 사구 사인을 보내고는 일어서서 공을 받았다. 그리고 마틴 알마니 투수는 교체되었다. 삼열은 1루에서 멍하게 바뀐 투수의 공을 바라보았다.

"이제 그만하지?"

1루수 멤피스 곤잘레스가 삼열에게 말을 걸었다. 삼열은 그를 보고 피식 웃었다.

"나라고 이러고 싶겠냐? 너도 당해봐. 그럼 너도 나처럼 될 거야."

삼열의 말에 아드리안은 입을 다물었다.

그도 시즌이 끝날 때 삼열의 트레이드 수식을 들었었다. 레드삭스가 작년에 투수진이 부족해서 고생한 경험이 있기에 당연히 삼열이 메이저리그로 올라올 것으로 생각했었는데 느닷없이 트레이드되어 상당히 놀랐었다.

하지만 마이너리그의 트레이드라 이상하긴 해도 이내 신경을 끊었다. 그는 삼열의 태도에 자신이 모르는 뭔가가 있는 것을 직감했다.

삼열은 1루 베이스를 밟고 움직이지 않았다. 흘깃흘깃 포수가 자신을 보는 것을 알고 있었다. 이제 점수도 낼 만큼 냈다. 여기서 뛰어 점수를 더 얻는다는 것도 의미가 없었다. 점수는 이제 안타로 내야 한다.

삼열은 3루 쪽을 우연히 바라보다가 아이들에게 둘러싸인 미카엘을 발견했다.

'웬일이지?'

삼열은 그가 인간의 문화에 대해 좋지 않은 생각을 가진 것을 잘 알고 있었다. 대놓고 야만적이라고 하지는 않았지만 표정만 봐도 그렇게 생각하는 것을 알 수 있었다.

바뀐 준이치 투수에게 빅토르 영이 또 안타를 쳐서 삼열은 3루까지 진루했고 2루에 있던 존 레이는 홈으로 들어와 또다시 1점을 얻었다.

이제 4회 초인데 레드삭스의 투수는 벌써 네 번째였다. 바비 슐츠 감독의 얼굴이 시간이 지날수록 구겨진 휴지처럼 창

백해졌다. 선발 투수 중 하나가 무너지면 한 게임만 버리면 되는데 지금같이 중간 계투진이 무너지면 걷잡을 수 없어진다. 도미노처럼 그 영향이 팀 전체에 영향이 미친다.

중간계투진이 붕괴되면 선발 투수들의 승수가 쉽게 날아갈 수 있기에 선발진들은 더 많은 이닝을 던져야 한다. 그렇게 하다 보면 투수는 자연 무리한 투구를 하게 되고 그런 날이 많아지면 투수의 밸런스도 무너지게 된다. 그래서 중간계투진이 붕괴된 팀은 절대로 좋은 성적을 거둘 수 없게 된다.

'젠장, 일이 심상치 않게 돌아가는군.'

빨리 막아야 하지만 방법이 없었다. 원 아웃에 주자는 1, 3루다. 점수는 다시 1점을 잃어 7 : 0이 되었다.

바비 슐츠 감독은 울고 싶었다.

오늘마저 진다면 선두로 치고 올라가는 것은 영영 포기해야 한다. 공동 3위에 있다가 어제 경기에서 져서 이제 4위가 되었다. 꼴찌 토론토 블루제이스와도 이제 1경기 차이밖에 나지 않는다.

1억 7천 300만 달러의 선수들이 오늘따라 무기력하게 진창에서 허우적거리며 좀처럼 벗어날 기미가 보이지 않았다.

'이것이 인생이지.'

바비 슐츠 감독은 씁쓸한 미소를 지었다.

가볍게 생각했던 트레이드가 이런 부메랑으로 돌아올 줄은 정말 몰랐다. 그는 제안했고, 구단이 알아서 트레이드를 추진했다. 정말 삼열의 말대로 하루 전에 트레이드되는 것을 알았다면 레드삭스의 명백한 실수였다.

그는 적지 않은 세월을 살아왔기에 만남보다 헤어짐을 잘해야 한다는 것을 잘 알고 있다. 원한은 행동보다 말에 의해 생기는 경우가 많으며, 만남보다 이별을 통해 사람들은 더 많은 것을 배우게 된다.

다자와 준이치는 올해 여덟 게임에 나와 승패 없이 자책점이 0.84로 직구의 스피드가 97마일, 즉 156km/h가 되며 커브, 슬라이더, 포크, 체인지업 등 다양한 공을 던질 줄 아는 투수다. 삼열이 보스턴 레드삭스와 계약을 맺기 전에 그는 이미 메이저리그에 올라와서 활약하고 있었다.

다자와는 비록 2점을 내주기는 했지만 인상적인 투구로 급한 불을 껐다. 하지만 이미 점수 차는 8 : 0으로 벌어졌다.

삼열은 득점까지 하고는 더그아웃에서 질경질경 해바라기 씨를 씹었다. 괜히 마리아가 보고 싶어지는 멋진 하늘이었다.

결국 경기는 13 : 1로 끝났다. 삼열이 원했던 대로 레드삭스의 불펜진이 모두 나와서 컵스의 타자들에게 털리고 말았다.

경기가 끝나고 라이언 호크가 삼열에게 이례적으로 고맙다는 말을 했다.

"뭐가요?"

"덕분에 쉽게 10승을 챙길 수 있었어."

"아하, 그런 도움을 받고 그냥 지나가면 눈병 생겨요. 아니면 온갖 나쁜 일이 생길지도 몰라요. 그러니 밥이나 사요."

"하하, 밥 사는 거야 뭐가 어렵나."

라이언 호크는 유쾌한 얼굴로 공갈 협박을 하는 삼열을 바라보았다. 삼열도 피식 웃었다.

내일도 보나마나 컵스의 승리였다. 왜냐하면 레드삭스는 오늘 중간 계투진을 다 끌어다 썼기 때문에 내일은 선발과 마무리 외에는 투수가 없다고 봐야 하니까. 레드삭스는 홈에서 완전히 망한 것이다.

오늘도 삼열에게 신문과 매스컴의 인터뷰 요청이 쇄도했다. 베일 카르도 감독이 먼저 짧게 인터뷰를 하고 나서 다음으로 오늘의 MVP인 라이언 호크가 인터뷰했다. 그는 7이닝 1실점으로 레드삭스의 강타선을 완벽하게 틀어막았다.

─오늘 승리로 이제 다승 단독 1위가 되었습니다. 소감은 어떻습니까?

─최고입니다. 모두 감독님과 동료들의 도움 덕입니다. 이 자리를 빌어 감사하다는 말을 하고 싶습니다. 아내와 딸들, 수잔, 조앤, 아빠가 사랑한다. 당신도, 루시아.

라이언 호크는 자신이 오늘 MVP가 되었지만 인디뷰에서는 주인공이 아닌 것을 알고 있었다. 역시 경험이 괜히 있는 것이 아니었다. 이후로도 기자들의 질문이 몇 있었지만 금방 끝나고 삼열에게 질문이 쏟아졌다.

―오늘 타자로서 경기하셨는데 기분은 어떻습니까?

―기분요? 당연히 안 좋죠. 잘못하면 내가 타자들의 밥그릇을 빼앗을 수도 있는데. 저도 양심이 있는데 기분이 좋겠어요?

삼열의 말에 주변에서 '어, 그게 아닌데', '어허' 하는 소리가 튀어나왔다.

―아, 물론 레드삭스는 내일도 컵스에게 질 것입니다. 우리의 투수진은 완벽하고 타자들도 환상적이죠.

―오늘 타격은 안타를 치려는 것보다 커트를 많이 했는데 왜 그런 것인가요?

―제가 시력과 순발력 하나는 끝내줍니다. 그런데 타격 연습을 많이 안 해서 잘 던지는 투수들에게는 풀 스윙을 못 하거든요. 난 투수지, 타자가 아니잖아요.

―아니, 그러면 왜 타자로 나왔습니까?

―그거야 감독님이 하도 간절히 원하시니 한번 해본 거죠. 난 죄가 없어요.

기자들이 정말 그런지 확인하려고 베일 카르도 감독을 바라보자 그는 다른 곳을 보면서 기자들을 외면했다. 기자들은 무슨 이야기인지 금방 알아차렸다. 당연히 삼열이 거짓말을 한 것이다.

─그렇다면 삼열 강 선수가 등판하는 날에 오늘 한 것처럼 상대 타자들도 삼열 강 선수의 공을 커트하면 어떻게 되겠습니까?

─아, 그런 문제가 있군요. 그러라고 하세요. 전 타자가 아니니까 그렇게 했죠. 타자가 그렇게 하면 아마 팬들이 싫어할 것입니다. 그리고 그 자리를 노리는 경쟁자들이 좋아하겠죠. 안타를 치지 못하는 타자가 무슨 매력이 있겠어요? 그러나 1번 타자라면 한번 권해보고 싶습니다. 아, 그리고 저는 컵스에 할 만큼 했습니다. 이제 더 이상 승리 투수가 안 되어도 되니까 한번 해보세요. 그것도 흥미로운 일이겠네요. 타자들이 그렇게 나와준다면 전 더 훈련을 열심히 해서 발전하겠죠. 그러니 제발 그렇게 해주세요.

삼열이 이렇게 말하자 베일 카르도 감독도 기겁하고 놀랐다. 이는 다른 기자들도 마찬가지였다. 도대체 생각하는 것이 정상이 아니었다.

자기 공을 커트해 달라니. 그렇게 되면 투수는 더 많은 공을 던져야 한다.

─마지막으로 오늘 레드삭스에 한마디 해주시죠.

─제가 레드삭스를 선택했을 때 레드삭스는 위대한 팀이었

죠. 밤비노의 저주를 깨고 거침없이 앞으로 나아가는 팀이었으니까요. 그런데 레드삭스는 어린아이가 되어 버렸습니다. 도전을 두려워해요. 그리고 돈으로 문제를 해결하려는 비겁함마저 갖추었습니다. 이제 레드삭스 구단은 절대로 위대하지 않습니다. 위대한 것은 레드삭스의 팬들이죠. 그들이 야구를 사랑해 주어서 구단은 부자가 되었습니다. 그런데 그들은 부끄럽게도 그 모든 돈을 동원하여 잘하는 선수들을 끌어모았죠. 이것은 위대한 것이 아닙니다.

—그렇다면 어떻게 해야 한다는 말인가요?

—팬들의 사랑은 다시 팬들에게 돌아가야 합니다. 그 한 예로 아픈 아이들은 전 세계 어디에나 있습니다. 그 돈의 일부는 이런 아이들을 위해 써야 합니다. 이런 것들이 위대한 것입니다. 나는 다승, 방어율, 피안타율, 이런 거 하나도 자랑스럽지 않습니다. 그것은 제 목표가 아닙니다. 나는 행복해지기 위해 야구를 합니다. 그래서 레드삭스에게 화가 난 것입니다. 행복해지기 위해 레드삭스를 선택했는데 내게는 한마디도 물어보지 않고 컵스로 집어던져 버렸죠. 지금은 컵스의 선수들과 행복하게 지냅니다. 왜냐하면 나는 여전히 좋아하는 야구를 하고 있으니까요.

기자들은 삼열의 말에 침묵했다. 그가 이런 말을 하리라고는 전혀 예상하지 못했다.

악동, 굉장한 악동.

그들이 아는 삼열의 이미지는 이게 다였다. 그리고 아이들을 좋아하고 그들과 사이좋게 지낸다는 것 정도와 그를 인터뷰하면 팬들이 좋아해서 시청률이 올라간다는 것뿐이었다.

그런데 그는 다른 것을 말하고 있었다. 악동의 이미지로 천사의 말을 하고 있었다.

삼열은 틈만 나면 아이들에 관해 이야기할 생각이었다. 그래서 다시는 마리아나와 같이 병든 아이들이 돈이 없어 죽어가는 일이 없도록 하고 싶었다. 물론 그녀가 돈이 없어 죽은 것은 아니었지만.

삼열 자신이 돈을 많이 번다고 해도 할 수 있는 것은 너무 적었다. 그리고 그는 상당히 이기적인 성격이라 남을 위해 이타적으로 살아가는 것도 불가능했다. 그래서 아이들을 이용하여 파워 업 티셔츠를 많이 팔아 그것을 다시 아이들을 위해 쓰려는 것이다.

아이들이 아이들을 돕고 사람이 사람을 도우면서 서로 행복해지면 그걸로 만족이다. 그가 세상에 마음을 연 것은 아이들 덕분이었다. 마리아나가 삼열에게 베푼 크기, 꼭 그만큼만 빗장을 풀고 세상으로 나아갈 것이다.

말을 마치고 삼열은 힘없이 걸었다. 오늘 무엇을 했는지 모를 정도로 정신이 없었다.

이기고 싶은 욕심에 일을 벌였고 상대를 완전하게 밟았지만 마음 한구석이 무거운 돌이 놓인 듯 무거웠다. 그래서 그답지 않게 울컥해서 한마디 했다.

그는 호텔에 돌아와서야 자신이 얼마나 기자들에게 어리석은 말을 했는지 깨달았다.

이제 세상 사람들은 그를 버릇도 없던 놈이 잘난 체까지 한다고 비난할 것이다. 삼열은 그것이 두려웠다. 자신은 결코 그런 말을 할 정도로 착하지 않았기 때문이다.

"몰라, 이게 다 마리아 때문이야."

그녀 때문에 더 멋진 남자가 되고 싶고 더 진지하게 인생을 살고 싶어졌다. 그녀는 괜찮다고 말하지만, 그래도 남자인 자신은 사랑하는 사람 앞에서 당당해지고 싶었다. 그런데 비겁하게 어쭙잖은 변명을 세상 사람 앞에 떠벌린 것이다.

삼열은 머리를 벽에 박았다. 벽이 쿵쿵 울렸다. 그러자 벽이 울리는 소리보다 더 빠르게 엄청난 통증이 정수리로 한꺼번에 몰려들었다.

'아, 좀 살살 박을걸.'

삼열은 머리를 부여잡고 인상을 썼다. 감정이 격해져 정말 세게 박았던 것이다.

그것도 한 번도 아니고 연속적으로. 고통이 순차적으로 그의 머리를 관통해서 전해졌을 때는 눈물이 찔끔 날 정도였다.

"아, 몰라. 이만큼 아팠으면 된 거야. 내가 그렇지, 뭐. 괜히 악동의 이미지를 개척한 것이 아니잖아. 하고 싶을 때 꼴리는 대로 살기 위한 것이었으니까."

삼열은 휴대폰을 들고 마리아에게 전화를 걸었다.

―어머나, 자기. 아, 경기가 끝났네. 잠깐 졸았는데. 미안해요, 달링.

마리아의 다정한 어조에 삼열은 괜히 울컥해지며 기분이 좋아졌다.

"마리아, 나 오늘 마리아 안고 싶은데……."

―어머, 나도요. 우리는 마음이 서로 통해요, 언제나.

"사랑해, 마리아. 알지? 내가 사랑하는 거."

마리아는 삼열의 말에 잠이 확 깨고 말았다.

조금 전까지는 정말 잠기운이 남아 있어 약간 짜증도 났지만, 그래도 자신을 생각해 전화해 준 것이 고마워 표현을 못 했었다.

그런데 삼열에게 사랑한다는 말을 듣게 되자 마음이 따뜻해지고 무언가 말로 할 수 없는 묵직한 것이 가슴속으로 쑥 밀려왔다.

그것은 세상을 다 가진 느낌이리고나 할까?

마리아는 전화가 끊어진 다음에도 한동안 말없이 가만히 있었다. 이제야 둘 사이의 관계가 명확해진 것 같았다.

'이제 아빠에 대해서 말해야 할까?'

마리아는 아직도 조심스러웠다. 삼열의 상처가 무엇인지 알기 전에 말을 꺼내는 것은 그녀로서도 큰 모험이었으니까.

상처는 모든 관계에서 벽이다. 비록 그가 이제는 자신의 그 벽을 허물었다고 하더라도 다른 사람에게는 모르는 일이었다.

도대체 그의 상처가 무엇일까 궁금했다. 짐작하기로는 여자 문제였다. 그것은 그녀의 직감이기도 했고 심리학자로서의 분석이기도 했다.

그녀는 삼열의 전 애인이 존경스러울 정도였다. 어떤 사람이기에 삼열과 헤어졌을까? 자신으로서는 도저히 이해가 되지 않았다.

하지만 이런 남자를 버린 그 여자는 바보가 틀림없다.

*　　　*　　　*

날이 밝았다. 삼열은 어제 자신이 한 말이 생각나 부끄러움이 밀려왔지만 뻔뻔해지기로 했다. 어쩌겠는가. 일은 벌어졌고 그가 할 수 있는 일은 없는데.

그는 연습장으로 갔다. 몸을 풀고 있는데 선수들이 하나둘

도착했다.

"헤이, 삼열."

빅토르 영이 그를 보며 반갑게 아는 체를 했다. 삼열은 그를 비롯해서 선수들과 인사를 했다.

"오늘도 선발이라고 하던데?"

"그게 좀 그래."

"응? 왜?"

"오늘 어지간하면 승리 투수가 되는 것은 어렵지 않잖아. 그래서 랜디 팍스에게 양보할까 하는데."

"하하, 그런 생각은 접어주시지."

"아니, 왜?"

"그 녀석, 어제 술을 엄청나게 먹었거든."

"그래?"

"내가 던지면 안 될까?"

매트 뉴먼이 장난처럼 말했다. 어제 끝나고 몇몇 선수들이 술을 거하게 먹었다는 말을 들었었다. 그리고 사실 매트 뉴먼은 라이언 호크보다 하루 일찍 던져서 오늘 공을 던지는 것은 물리적으로 불가능했다.

"하하, 남은 내 경기 모두 던져도 좋아. 한번 해봐. 난 애인하고 여행이나 다니게."

"바로 항복!"

매트 뉴먼은 두 손을 들고 항복한다는 포즈를 취하고는 느릿느릿 그늘진 의자를 향해 걸어갔다.

삼열은 랜디 팍스가 공을 던질 수 있는 몸 상태가 아니라는 말을 듣고는 양심을 괴롭히던 무거운 덩어리가 사라지는 것을 느꼈다. 그것은 눈부신 태양만큼이나 그의 마음을 밝혀 주었다.

그는 레드삭스에 복수하기 위해 무리한 계획을 세웠다.

팀 동료들에게 본의 아니게 피해를 주게 되었고 구단에도 마찬가지였다. 자신의 계획에 허락해 준 것 자체가 의외였다. 그 덕에 삼열은 구단이 자신을 정말 대우해 주고 있다는 느낌을 하게 되었다.

컵스는 레드삭스와 달리 자신을 믿어주고 중용했다. 그리고 말썽을 부려도 기다려 준다. 그의 마음에 아주 작은 충성심이 생겨나고 있었다.

악동은 그가 공들여 만든 이미지였다.

원래 그의 성격 자체가 그렇지는 않다.

물론 그는 다른 사람의 눈을 의식하지 않는다. 고등학교부터 왕따를 당해서 마음을 너무 일찍 닫은 탓이다. 정확히는 부모님의 죽음과 작은아버지의 이중성을 목격한 다음부터였다.

하지만 그도 살아가면서 마냥 세상에 마음을 닫고 살 수만은 없다는 것을 잘 알고 있다.

　누에가 두꺼운 누에고치를 벗어나지 않으면 나비가 될 수 없는 것처럼 행복해지려면 사람과 세상에 마음의 문을 닫아서는 안 된다.

　행복은 일상에서 아무런 일이 생기지 않는 단순한 평화로움이 아니라 사람과의 관계 속에서 만들어지는 것이기 때문이다.

　시카고 컵스와 보스턴 레드삭스의 3차전이 시작되었다. 1회 초에 컵스의 타자들은 매섭게 배트를 휘둘렀지만 아쉽게도 점수를 얻지 못했다.

　오늘 선발인 페릭스 산도발는 올해 7승 2패를 거두고 있지만 그의 자책점은 4.24로 높았다. 메이저리그에는 2010년부터 올라왔지만 뚜렷한 실적이 없다가 올해부터 제4선발로 활약하기 시작했다.

　그는 마쓰자카 다이스케가 DL에 오르면서 올라온 선수로, 92마일 전후의 직구를 가졌는데 체인지업과 커브를 잘 던졌다. 가끔 스크루성 볼을 던지기도 한다.

　제구력이 뛰어난 투수는 아니고 타자들의 도움을 많이 받았다. 그런데 오늘은 그의 직구 뒤에 날카롭게 꺾이는 변화구에 컵스의 타자들이 매을 못 추었디.

선두 타자 빅토르 영이 6구 만에 삼진, 2번 타자 스트롱 케인이 내야 땅볼로 아웃, 3번 타자 이안 벅스가 안타로 1루에 진루한 후 4번 타자 레리 핀처가 외야 뜬공으로 아웃되었다.

삼열이 마운드에 서자 펜웨이 파크에서는 박수와 야유가 반반씩 섞인 묘한 반응이 나왔다.

뻔뻔한 삼열은 그런 관객들의 반응에 콧방귀도 안 뀌고 마운드에서 공을 던졌다.

어제 당한 것이 있어 마음을 먹었는지 제이콥 얼스베리가 배트를 짧게 잡고 삼열의 공을 커트하기 시작했다. 4구째에 삼열은 제이콥이 어제 자신이 한 행동을 따라 하는 것을 알게 되었다.

'그렇게 나오면 나야 고맙지.'

삼열은 정말 고맙게 생각했다.

구속이 빨라지면서 손가락의 강한 힘에 의해 공 끝의 무브먼트가 이전과는 비교할 수 없을 정도로 좋아졌다. 그래서 예전같이 많이 노력하지 않고 있었다. 마음이 무뎌졌다고나 할까.

하지만 그것은 올해 그가 처음 메이저리그에 나타나 투구 패턴과 구위를 타자들이 분석하지 못해서 그런 것으로 생각했다. 내년이나 내후년이 되면 삼열의 구위도 철저하게 분석되어 타자들이 준비할 것이다.

끊임없는 노력 없이 뛰어난 구위 하나로만 버티기에 메이저리그는 너무 빡빡하다.

5구 끝에 제이콥이 삼진을 당했다. 2번 타자 칼 크리스 역시 배트를 짧게 잡고 나왔으나 컷 패스트볼이 배트에 스치면서 2구 만에 내야 땅볼로 아웃되고 말았다.

평균 150㎞/h를 넘나드는 공을 커트하는 것은 쉬운 일이 아니다. 타격의 타이밍이라는 것이 배트를 짧게 잡고 한두 번 휘둘러 본다고 되는 것도 아니다. 오히려 장타력을 가진 타자가 안타를 치려고 타격을 작게 하면 타격 자세가 흐트러질 수가 있다.

보스턴 레드삭스 선수들이 삼열에게 얼마나 약이 올라서 이렇게 하는지 몰라도 이렇게 자신의 타격 자세를 버리는 것은 그다지 좋은 방법은 아니다. 삼열이야 투수이니까 상관없지만 말이다.

3번 타자 멤피스 곤잘레스마저 커트를 하려다가 파울 플라이로 아웃되고 말았다.

덕분에 삼열은 자신의 투구폼에서 무엇이 문제가 될 수 있는지 일찍 알게 되었다. 이전보다 더 뛰어난 완급 조절이 필요했다.

삼열은 공을 던지는 와중에 슬쩍 레드삭스의 바비 슐츠 감독을 보았다. 그의 표정으로 보아 오늘 이런 작전을 내린 것 같지는 않아 보였다. 오히려 타자들의 타격이 마음에 안 든다는 표정이었다. 레드삭스 정도 되는 팀이 이런 작전을 한다는 것 자체도 웃긴 것이었다.

삼열이 생각하기로는 선수들끼리 이렇게 하자고 모의한 것 같았다. 아마 자신의 인터뷰가 레드삭스 선수들의 마음에 불을 질렀을 것이다.

삼열은 더그아웃으로 들어가면서 오늘 경기는 정말 재미가 있을 것으로 생각했다.

6. 마구, 스크루볼

　페릭스 산도발의 호투에 컵스의 타자들은 좀처럼 점수를 내지 못했다. 간간이 들어오는, 스크루볼로 보이는 구종에 당황하는 것 같았다.

　좌투수인 그가 커브를 던지다가 갑자기 반대쪽으로 공이 날아오면 종잡을 수 없다.

　스크루볼을 정상급 커브와 같이 던지면 가히 천하무적이라고 할 수 있는 마구가 된다. 하지만 투수의 팔꿈치에 엄청나게 큰 무리를 주어 선수 생명을 갉아먹는다. 그래서 요즘 투수들은 스크루볼과 비슷한 효과를 주는 서클 체인지업이나 싱커를 주로 던진다.

스크루볼러인 크리스티 매튜슨은 이 공을 던질 때마다 엄청난 고통을 경험해야 했다. 그래서 그는 극도로 스크루볼을 던지는 것을 자제했다.

반면 칼 허벨은 강력한 직구가 없어 커브와 스크루볼을 섞어 던지다가 팔을 망가트렸다. 그는 은퇴한 이후에도 극심한 고통에 시달려야 했다.

그런데 오늘 페릭스 산도발은 스크루볼을 던지고 있었다. 삼열은 더그아웃에서 그가 던지는 스크루볼을 두 눈을 크게 뜨고 바라보았다.

이미 승패 따위는 그의 안중에 없었다.

삼열이 보기에도 아직 미완성의 스크루볼이지만 제구만큼은 잘되고 있었다. 변하는 각도가 크지 않았으나 커브와 같이 던지니 타자들은 눈 뜨고 멍하니 당할 뿐이었다.

이렇게 대단한 투수가 어떻게 알려지지 않았을까?

삼열은 생각하고 또 생각했다. 그리고 그가 던지는 스크루볼이 역회전하는 각이 적은 대신에 팔꿈치가 적게 비틀리는 것을 보았다. 그제야 삼열은 깨달았다. 그가 던지는 스크루볼은 속임수라는 것을.

커브 같은데 공의 진행 방향이 거꾸로 오니 타자들이 당황했었던 것이다. 그래도 이해가 되지 않았다. 왜 사람들에게 그가 알려지지 않은 것일까?

2회 초가 끝나면서 삼열은 그가 커브와 서클 체인지업, 그리고 스크루볼을 혼용하여 쓰지만 완성도가 낮아 그동안 많이 사용하지 않았던 것으로 생각했다. 이런 삼열의 예상은 정확했다.

스크루볼은 위력적인 공이나 많이 사용할 수 있는 공은 절대 아니다. 한마디로 스크루볼은 악마에게 팔꿈치를 저당 잡히고 던지는 공이라고 할 수 있다.

던지면 던질수록 몸을 갉아먹는 마구. 하지만 위력만큼은 너무나 강력하다.

삼열은 가슴이 뛰는 것을 느꼈다.

두근두근.

심장이 마구 움직였다. 통제되지 않는 야생마처럼 심장이 뛰었다.

그가 원하던 공이 바로 이것이다. 페릭스 산도발의 공 배합을 보고 어떻게 스크루볼을 던져야 할지 감을 잡은 것이다.

이것은 마치 거장의 예술 작품을 감상하는 것처럼 아름답고 황홀하게 그의 정신을 사로잡아 버렸다.

'그래, 바로 저거야. 커브와 반대로 휘어져 들어가는 공을 적절히 섞어서 던지면 지존이 되는 서시. 게다가 간간이 서클

체인지업이나 패스트볼을 던져 준다면 난공불락의 요새가 될 거야.'

불완전한 스크루볼로도 저렇게 멋진 공 배합을 만들어 낸다면 완벽하게 익힌 스크루볼은 얼마나 대단할 것인가.

페릭스 산도발이 완벽하지 않은 스크루볼을 그동안 사용하지 않은 이유는 완성도가 떨어졌기 때문이다. 그런데 삼열에게 팀이 유린을 당하자 봉인을 푼 것이다.

삼열은 페릭스 산도발을 보며 그가 몸 관리만 제대로 한다면, 즉 스크루볼을 과신하지 않고 꼭 필요한 경기에서만 던진다면 메이저리그 정상급 투수가 될 수 있을 것으로 생각했다.

톰 글래빈은 서클체인지업을 던질 때 손바닥을 아래로 향하게 해서 던진다. 그러면 마치 스크루볼과 같은 궤적을 가지게 된다. 하지만 서클체인지업을 제대로 던질 수 있는 선수도 많지 않을 뿐만 아니라 어떤 공이든 과신해서는 안 된다.

삼열은 말할 수 없는 쾌감을 느꼈다. 3대 마구 중 하나인 스크루볼을 보게 되다니.

물론 제대로 구사된 것은 아니었지만 공에 역회전이 걸려 들어온다는 것 자체만으로도 족히 충격적이었다.

너클볼은 무회전 볼이라 배우는 데 시간이 대략 10년 정도 걸리고, 던지는 투수도 공이 어디로 갈지 모른다. 자이로볼은 한때 레드삭스의 마쓰자카 다이스케가 던졌다고 하지만 사실이 아니다. 마쓰자카는 자신의 공이 자이로볼이라고 불리는 것을 알지도 못했다.

스크루볼.

삼열은 역회전이 걸려 타자를 현혹시키는 공에 매료당했다. 삼열은 커브와 체인지업, 그리고 스크루볼을 섞어 던지면서 컵스의 타자를 농락하는 페릭스 산도발를 보며 미소를 지었다.

'그러나 스크루볼을 언제까지 던질 수는 없지.'

많이 던지면 던질수록 투수의 팔꿈치에 무리를 주니 타자가 일순하면 더 이상 던지기 힘들 것이다. 완벽하지 않은 공으로 모험하는 것은 선수 생명에 치명적이다.

지금처럼 역회전을 적게 주면 팔에 무리를 적게 주는 대신 밋밋한 변화를 보일 것이고 그것이 눈에 익게 되는 순간 난타를 당하게 된다.

만약 페릭스 산도발이 R디메인의 고속너클볼처럼 스크루볼을 자신에게 맞게 변형했다면 또 이야기가 달라지지만 말이다.

R디메인은 너클볼의 춤추는 듯한 공의 변화를 줄인 대신에 구속을 끌어올렸다. 덕분에 그는 제구력의 문제점을 해결할 수 있었다.

스크루볼 역시 지금처럼 역회전을 적게 설고 최소한으로

공을 던진다면 굉장히 매력적인 공이 될 수도 있을 것이다. 이렇게 될 경우 역회전이 적게 걸리니 제구가 무엇보다도 중요하게 된다.

삼열은 스크루볼을 가능한 한 자신에게 맞게 변형시키면서 팔꿈치에 무리를 주지 않는 방법을 연구해 봐야겠다고 마음먹었다.

R디메인이 사용한 방법, 즉 구속을 끌어올리고 변화를 줄이는 것.

이렇게 되면 위력은 약해질 수 있지만 더 많은 스크루볼을 던질 수 있게 된다. 위력적인 직구와 함께 던지면 엄청난 파괴력을 가진다.

삼열은 마운드로 천천히 걸어갔다. 그는 마운드에 서서 발로 발판을 가볍게 툭툭 쳐 보았다. 딱딱한 고무판이 열기로 들뜬 그의 마음을 새롭게 해주었다. 이 마운드에 서서 얼마나 많은 시간을 초조하게 자신에게 말했던가.

나는 이곳의 제왕이다, 누구도 나의 공을 치지 못한다, 라고……

그 수많은 독백이 이제는 그의 흥분을 차갑게 식혀주었다. 삼열은 61cm×15.2cm의 발판에 발을 걸쳤다. 아직은 인플레이가 아니다. 그는 발을 발판에 떼었다 붙였다 했다.

레드삭스의 4번 타자 다비드 루이스가 타석으로 걸어왔다.

삼열은 여유로운 얼굴의 그를 바라보며 호흡을 크게 했다. 어쨌든 그는 자신의 공을 치기 위해 안달이 난 상태다. 하지만 그의 소원을 들어줄 마음은 절대로 없다.

삼열은 그에게 조금 더 신경 써서 공을 던졌다. 다비드는 커트를 시도하지는 않았다. 다만 배트를 아주 약간 간결하게 잡았을 뿐이었다.

펑.

공이 포수의 미트에 미끄러지듯 들어가 박혔다. 공은 원래 그 자리에 있어야 했던 것처럼 요란한 소리를 동반하며 타자를 위압적으로 노려보고는 사라졌다.

"스트라이크."

다비드의 몸이 순간적으로 움찔했다. 마치 몸을 노리는 저격수의 총알 같은 공이 타석 앞에서 변해 스트라이크 존으로 미끄러져 들어갔다.

'하아, 굉장한 공이군.'

다비드는 하늘을 바라보았다. 하얀 뭉게구름이 약한 바람에 꿈틀거리며 서서히 움직이고 있었다. 그는 어제와 그제 새로운 경험을 했다.

투수는 일반적으로 타격을 잘해도 타석에 들어서려고 하지 않는다. 집중력을 흩트리기 때문이다. 한데 마운드에 서 있는 상대 투수는 그렇지 않았다.

강속구를 마구 뿌리는 것으로는 마음에 차지 않는지 어제는 타자로 돌변하여 레드삭스의 중간 계투진을 모두 녹초로 만들어 놓았다. 그리고 오늘은 다시 투수로 나왔다. 이는 상식적으로 있을 수 없는 일이다.

다비드는 지금 적으로 마주친 상대 투수가 마음에 들었다. 야구에 대한 열정이 식어가고 있을 때 그를 보아서인지 모든 것이 새롭게 보였다.

가슴을 뜨겁게 만드는 무언가가 꿈틀했다. 그래서 배트를 짧게 쥐고 타석에 들어섰다. 초심으로 돌아가 새롭게 시작하는 것이다.

37세의 나이. 은퇴를 준비해야 하는 그에게 갑자기 새로운 열정이 불쑥 찾아왔다.

여전히 무시무시한 공이었지만 다비드는 3구째에 배트를 힘껏 휘둘렀다. 공이 중심에 맞은 것이 분명하게 느껴졌다.

공은 바람을 타고 생각보다 멀리 날아갔다. 우익수 빅토르 영이 뛰어갔지만 담장을 넘어가 버렸다.

"와아!"

"홈런! 홈런이다!"

삼열은 공이 넘어간 펜스 쪽을 바라보다가 마운드를 돌고 있는 다비드를 향해 박수를 쳐 줬다. 수염 때문에 더 까맣게 보이는 그는 자신보다 훨씬 나이가 많을 것이다.

맞혀 잡는다고 했는데 제대로 공이 배트의 중심에 맞았다. 삼열은 묵묵히 마운드에 서서 기뻐하는 다비드를 바라보았다.

홈런의 의식은 끝이 났다. 그의 앞에 놓여 있는 수많은 경기 중에서, 또 그가 맞아야 할 수많은 안타 중 하나를 오늘 맞은 것에 불과했다.

'이제 다시 시작하자. 다시 잡으면 돼!'

삼열은 이전보다 더 공에 집중하며 던졌다. 비록 홈런은 맞았지만 던지는 공의 개수는 더 적어졌다. 맞혀 잡기 시작한 것이다.

레드삭스의 선수들은 105마일의 무시무시한 공을 이틀 전에 경험했다가, 오늘은 그래도 눈에 보이는 공이 들어오자 성급하게 배트를 휘둘렀다. 그들은 이미 1회에 삼열의 공을 커트하기가 쉽지 않은 것을 깨닫고 2회부터는 다시 정상적인 타격을 했다.

"파워 업!"

삼열은 인플레이가 되지 않은 상황에서 외쳤다. 그러자 3루에서 파워 업 소리가 들려왔다. 흘깃 보니 어제와 마찬가지로 미카엘이 아이들과 함께 자신을 응원하고 있었다.

미카엘이 왜 저러는지 삼열은 알 수 없었다.

아이들에게 둘러싸여 파워 업을 외치는 모습은 이상하게

그답지가 않았다. 그는 늘 진지했고 농담을 하지도 않는 성격이다. 그런데 아이들과 이야기를 주고받는 모습으로 봐서는 무척이나 즐거운 듯 보였다.

'심심한가 보네.'

삼열은 다시 와인드업하고 공을 던지기 시작했다. 7번 타자를 삼진으로 잡으면서 2이닝을 마쳤다. 홈런을 하나 맞았지만 그는 그다지 신경 쓰지는 않았다.

원더풀 스카이의 방송 부스 옆으로 조금 떨어진 부스에서 장영필 아나운서와 송재진 해설 위원이 거듭 삼열의 투구를 칭찬하며 방송을 하고 있었다.

어제 아침에 원더풀 스카이로부터 연락이 왔다. 삼열의 경기가 하루 뒤에 있는데 방송 부스 하나가 여유 있으니 와서 방송하라는 말이었다. 그렇지 않아도 그림으로만 넘겨받은 자료를 가지고 방송을 해서 섭섭했는데 원정경기에 방송 부스를 배정받게 될 줄은 전혀 몰랐다.

이는 레드삭스가 원더풀 스카이에 배정한 것이었다. 그들도 삼열이 다시 선발로 공을 던지게 될 줄은 몰랐던 것이다.

—이번 이닝도 다비드 루이스 선수가 홈런을 친 것을 제외하고는 강삼열 투수, 별다른 실수 없이 마쳤군요. 송재진 해설 위원께서는 어떻게 보셨습니까?

―네, 여전히 위력적인 공이네요. 퍼펙트게임을 위성으로 중계해 드리고 어제는 저희도 나오는 줄 몰라서 방송을 못 해 드렸습니다. 설마 타자로 나올 줄은 저희뿐만 아니라 이곳 지역 방송국조차 알지 못했던 일이죠. 그리고 오늘 다시 선발로 공을 던질 줄도 더더욱 예상하지 못했습니다.

―이렇게 보면 강삼열 선수 무리하는 것 아닌가요?

―아직 젊으니까요. 그리고 평상시 몸 관리 하나만큼은 똑소리 나게 관리를 해온 강삼열 선수이니까 믿어 봐야겠지요. 베일 카르도 감독이 아마 엄밀히 보고 있다가 여차하면 바로 강판시킬 것입니다. 시카고 컵스로서는 투수 혹사에 상당히 민감한 편이니 무리는 시키지 않겠죠.

―아, 마크 프라이어의 어깨가 망가진 사건 때문이군요.

―그렇습니다. 더서티 베인 감독은 랜디 존슨과 커트 실링 같은 원투 펀치를 기대했었는데요, 사실 케리 우드와 마크 프라이어는 그들 못지않게 호투를 했었죠. 하지만 아직 자신의 몸을 관리하는 법을 완벽하게 배우지 못한 선수들에게 그런 혹사는 선수 생활을 위협하는 성급한 행위였죠.

―그러면 강삼열 선수가 오늘 등판해도 무리가 아니라는 말씀이신가요?

―맞습니다. 아마 그래서 맞혀 잡고 있는 것 같습니다. 그제의 강삼열 선수의 투구와 확연히 다르지 않습니까? 그제 등

판했을 때에 강삼열 선수의 구속은 어지간하면 103마일이 넘어갔지만 지금은 95마일 전후로 공이 형성되어 있습니다. 이는 일부러 타자를 맞혀 잡는 것으로 볼 수 있습니다. 그리고 이 방식이 강삼열 선수가 선호하는 것이기도 하고요.

—1 : 0으로 지고 있는데 어떻게 보십니까?

—매 경기 이길 수는 없겠지요. 하지만 아직 경기 초반이고 하니 어떻게 경기가 끝날지는 모르는 일이죠.

—페릭스 산도발 투수의 공이 굉장히 좋아 보이는데요.

—아마도 컵스의 타자들이 새로운 형태의 공이라 적응을 아직 못 한 것도 있을 것입니다. 스크루성의 볼로 보이는데요, 역회전하는 볼이 커브와 섞여서 들어오니 초반에는 힘들 것입니다.

—그렇다면 후반에는 가능성이 있어 보인다는 말씀이신가요?

—물론입니다. 원래 정상급 투수의 공이 제구가 되는 날은 초반에 다들 고생하지요. 하지만 아무리 위력적인 공도 눈에 익으면 그때부터 맞기 시작하거든요.

—그렇기는 하죠. 아, 다시 경기가 시작되는군요.

페릭스 산도발이 마운드로 걸어가고 있었다. 너무 갑작스럽게 잡힌 경기라 광고가 초반에 많이 잡히지 않아서 KBC ESPN은 이렇게 광고 시간에도 방송하고 있었다.

4회부터 광고가 다 찼다는 말을 듣고 두 사람은 안도하였다. 확실히 삼열이 퍼펙트게임을 하고 난 다음부터 지명도가 많이 올라갔다. 광고의 단가가 이미 최고가로 올라갔다는 말도 들었다.

삼열은 2회에 홈런을 맞고 더그아웃에 들어와 역시 메이저리그라고 생각했다. 제구가 된 공이라 하더라도 메이저리그 타자들은 타이밍만 제대로 맞히면 홈런이었다.

페릭스 산도발의 공이 1, 2회보다 약해진 느낌이 들었다. 완벽하지 않은 스크루볼을 던진 후유증이 나타난 것이다.

존 레이가 비록 아웃은 되었지만 8구까지 가는 접전을 벌였고 제프 마이어스 지명타자가 안타를 치고 나갔다. 다시 1번 타자 빅토르 영이 2루타를 치자 제프 마이어스가 홈으로 들어왔다.

삼열은 자기가 생각한 대로 경기가 돌아가자 회심의 미소를 지었다.

3회 초에는 주자 두 명을 두고 스리 아웃이 되는 바람에 점수를 더 내지는 못했다. 삼열은 다시 마운드에 올라가 공을 던졌다. 그리고 5회 1 : 1인 상황에서 베일 카르도 감독이 삼열을 강판시켰다. 아무래도 3일 연속 경기 출전은 부담감이 컸던 것 같았다.

삼열도 그런 사정을 아는지라 더 이상 욕심을 부리지 않고 마운드를 내려왔다. 오늘 본 페릭스 산도발의 스크루볼의 위력에 마음이 빼앗긴 뒤라 두말없이 물러난 것도 있었다.

'나의 길은 정해졌어.'

삼열은 행복하게 웃었다. 그는 더그아웃에서 중간 계투들이 공을 던지는 것을 보았다. 막강한 타력을 가진 보스턴 레드삭스의 타자들을 효과적으로 막고 있었다.

삼열은 라커룸으로 들어와 짐을 챙기고 투수 코치에게 먼저 호텔로 돌아가 쉬겠다고 했다. 페드로 투수 코치는 삼열의 말에 잠시 멈칫했다. 경기가 끝나면 매스컴과 기자들이 그를 찾을 것이 분명했기 때문이다.

"동료 선수들의 경기를 지켜보는 것도 선발 투수가 해야 할 일 중의 하나다. 네가 몸이 불편하다면 그렇게 해도 좋지만 그렇지 않다면 끝까지 네가 시작했던 싸움을 지켜보는 것이 예의다."

삼열은 페드로 코치의 말을 듣고 고개를 끄덕였다. 그는 지금까지 거의 대부분 완투나 7이닝 이상을 던졌기에 오늘같이 많은 이닝을 기다려야 하는 적이 없었다. 게다가 오늘처럼 승패와 관련 없이 물러나기도 처음이었다.

남의 일에 관심이 없는 그로서는 자신의 승패가 관련되지 않은 일에 곧 흥미를 잃었고, 그래서 호텔로 돌아가 쉬고 싶었던 것이다. 오늘은 왜 이렇게 쉬고 싶은 생각이 들었는지 모른다. 아마도 페릭스 산도발이 던진 스크루볼 때문인 것 같았다.

삼열은 산도발의 스크루볼을 보고 나서는 열병에 걸린 환자처럼 강한 갈증을 느끼기 시작했다. 새로운 공을 익히고 싶다는 식탐이 발생했다.

원래부터 그는 이 스크루볼에 관심이 지대했었다. 그런데 실제로 그런 공을 던지는 투수를 만났으니 흥분이 될 수밖에 없다.

삼열은 페드로 투수 코치의 말이 옳은 것 같아 두말하지 않고 그렇게 하겠다고 했다. 그는 라커룸의 의자에 누워 눈을 감고 페릭스 산도발이 던진 구질들을 생각했다.

그러자 그가 던졌던 스크루볼이 영화처럼 선명하게 떠올랐다. 커브 뒤에 역회전 공, 스크루볼이 나오면 타자들은 제대로 스윙조차 하지 못했다.

너클볼이 무브먼트의 변화가 심한 마구라면 스크루볼은 타자가 예상하지 못한 역회전 공이므로 타격을 제대로 하지 못한다.

너클볼은 바람의 변화에 민감하다. 그래서 타자가 휘두른 배트의 바람에도 영향을 받아 공이 변한다는 말이 있다. 반면 스크루볼은 타자가 생각했던 것과 전혀 나른 방향으로 공이 변하므로 반응을 하지 못한다.

전성기 때의 페드로 마르티네스는 다른 이들보다 훨씬 긴 중지로 역회전을 걸어 서클 체인지업을 던졌다. 이것이 스크루볼을 연상시켰던 것을 생각하면, 손가락의 힘이 유난히 강한 삼열은 페릭스 산도발처럼 팔을 적게 비틀어도 위력적인 공을 던질 수 있을 것이다.

그런 생각을 하자 삼열은 이상하리만치 흥분이 되었다. 공 끝의 무브먼트는 손가락 힘에 의해 나타나는 것이다. 그냥 공을 던졌는데 홈 플레이트에서 갑자기 공이 저 혼자 움직일 리는 만무하다.

마리아노 리베라나 그렉 매덕스같이 손가락의 힘이 엄청나게 강하면 공을 던질 때 손가락으로 공의 실밥을 잡아채 엄청난 무브먼트가 생기게 된다. 공의 변화가 검지와 중지의 손가락 장난에 의해 생기는 것을 감안하면 삼열의 무지막지한 손가락 힘은 분명히 엄청난 공을 만들 수 있을 것이다. 삼열은 벌떡 일어나 미친 듯이 웃었다.

"하하하. 좋았어, 반드시 하고 만다!"

삼열에게 있어 새로운 것을 배운다는 것은 신나는 일이었다.

천재적인 두뇌로 인해 지적인 일에는 그다지 흥미를 느끼지 못했고 루게릭병에 의해 육체의 제약을 가지게 된 이후로 유독 몸으로 하는 일에 흥미와 관심을 가지게 되었다. 그래서 야구를 하는 것이 그에게는 숙명 같은 일이 되어버렸다. 그런데 이제 전혀 새로운 마구를 배울 생각을 하자 흥분이 되었다.

너클볼러의 특징은 너클볼 외에는 다른 강력한 구질이 없다는 것이다. 너클볼은 마스터하는 데 오랜 시간이 걸리기에 애초부터 투수가 배울 생각을 못 하고 마지막에 선택하는 공이기 때문이다. 그렇기에 다른 결정구는 없다고 봐야 한다.

하지만 스크루볼은 그렇지가 않다. 팔꿈치의 무리만 감수한다면 가장 강력한 공이 된다. 무림의 고수는 굳이 좋은 검이 필요하지 않은 실력을 가졌지만 명검은 그 자체만으로 매력적이다. 스크루볼은 능히 고수에게 명검의 역할을 할 것이다.

삼열은 아직도 남아 있는 신성석의 위력을 생각하며 환한 미소를 지었다. 팔꿈치의 무리란 그에게는 통하지 않는다. 그래서 강력한 직구를 가지고 있음에도 스크루볼이 마구 탐이 나는 것이다.

라커룸에서 이렇게 공상을 하며 시간을 보내고 나니 경기가 끝났다. 3 : 1로 컵스의 승리였다.

페릭스 산도발은 6회까지 던시고 물러났다. 컵스는 바뀐 투수를 집중적으로 공략하여 승리하게 되었다. 덕분에 중간 계투인 에밀리가 모처럼 승리 투수가 되었고 시세 마물은 세이브를 기록하였다.

이로써 레드삭스와의 3연전은 모두 컵스의 승리로 끝이 났다. 시카고 컵스는 세 경기에서 모두 레드삭스를 완벽하게 침몰시켰다.

시카고 컵스와의 3연전에서 스윕을 당한 레드삭스는 마침내 동부지구 꼴찌로 떨어지는 수모를 겪게 되었다. 다른 누구도 아닌 자신들이 트레이드를 시켰던 선수에게 당한 것이라 그 충격은 더욱 컸다.

언론은 도대체 그 많은 돈을 투자해서 무엇을 하느냐고 레드삭스의 수뇌부를 공격하였다. 비꼬는 말로 48만 달러의 연봉을 받았던 삼열에게 만약 2천만 달러를 줘야 했다면 레드삭스는 반드시 잡았을 것이라면서, 삼열 강을 컵스에 넘긴 유일한 이유는 그의 연봉이 터무니없이 적어서였다는 것이다.

벤 케링턴 단장은 인상을 썼다. 바비 슐츠 감독 역시 맞은편 의자에 앉아 침울한 표정으로 앉아 있었다. 간간이 나오는 한숨이 어둡고 무거운 분위기를 더욱 가라앉혔다.

"그때 그가 정말 루게릭병이 맞았던 거요?"

"맞습니다. 저도 두 번이나 확인했던 것이니까요."

"젠장. 왜 쓸데없는 검사를 해서 일을 이렇게 만든 것인지."

지금 같아서는 1년 만 써먹을 수 있었다고 해도 그의 계약금이 전혀 아깝지 않았을 것이다.

닥터 마이어는 해고되었다. 단순히 질병을 체크하는 선에 그치지 않고 유전자 검사까지 독단으로 진행한 결과였다.

"그렇다고 그의 병명을 언론에 밝힐 수는 없습니다. 그렇게 되면 도덕적인 문제도 불거지니까요. 우리는 썩은 생선을 속여 판 파렴치한이 되는 것입니다."

바비 슐츠의 말에 케링턴 단장이 고개를 끄덕였다. 삼열의 병명을 밝힌다고 나아지는 것은 하나도 없다. 죽은 듯이 있다가 언론의 공세가 수그러들길 바라는 수밖에는.

이제 1억 7천 3백만 달러의 페이롤을 지불하고도 지구 꼴찌가 되어버렸다. 워낙 순위 다툼이 치열한 동부 지구라 한순간의 방심이 치명적인 결과를 가져오곤 한다. 문제는 레드삭스의 상승세가 꺾이고 하락 중이라는 점이다.

필라델피아 필리스와 나란히 꼴찌의 수모를 당하고 있으니 케링턴은 입맛이 썼다. 그는 자신이 연말에 해고될 것이라는 것을 직감했다.

고비용 저효율의 구단 운영은 구단주뿐만 아니라 팬들을 화나게 만들었다. 원했던 월드 시리즈 진출은 이미 물 건너간 지 오래다.

"하아~ 감독도 각오하고 있는 게 좋을 거요."

케링턴의 말에 바비 슐츠이 고개를 끄덕였다. 입이 백 개가 있다고 하더라도 할 말이 없었다. 선수 하나를 트레이드시켰을 뿐인데 이런 결과를 가져올 줄이야.

그러나 워싱턴 내셔널스가 100마일의 공을 던지는 마틴 스트라우스 한 명 때문에 얼마나 유명해졌는가. 몬트리올 연고지의 형편없던 팀을 전국구로 알린 것은 다름 아닌 신인인 마틴 스트라우스였다. 그런데 105마일을 아무렇지도 않게 던지는 삼열이라면 더욱 충격적이었다.

"그렇다면 삼열 선수는 그때 도대체 왜 그렇게 던진 것이오?"

"조사한 바로는 한국에서 사귀던 애인과 헤어졌었다고 합니다. 그래서 제구가 흔들렸었던 것이지요."

"하아, 꼼짝없이 당하게 생겼군요."

100마일 이상의 공을 던지는 투수가 있다는 것은 구단의 위상에 엄청난 영향을 미친다. 스타 마케팅을 하는 메이저리그로서는 어쩔 수가 없다.

그 예로 삼열이 있는 컵스의 파워 업은 이미 마케팅 차원으로 넘어가 티셔츠조차 불티나게 팔린다. 전국적인 팬을 가지고 있는 컵스는 어디를 가나 파워 업을 외치는 팬들로 인해 날로 상승세였다. 게다가 이제는 명실상부한 내셔널 리그 중부 지구 1위의 팀이 되었다.

방 안에는 다시 침묵이 찾아오다가 나직한 한숨이 튀어나올 뿐이었다. 값비싼 마호가니 가구들이 그 한숨 소리에 더 어둡게 보였다.

*　　　*　　　*

컵스는 다음 인터리그 팀인 디트로이트 타이거즈를 맞아 2승 1패를 했다. 삼열은 더그아웃에서 100마일에 육박하는 그 유명한 저스틴 벌렌더의 패스트볼과 현란한 체인지업을 보았다. 그리고 메이저리그의 정상급 투수가 어떻게 경기를 운영하는지를 깨달았다.

저스틴 벌렌더는 2011년에 사이영상과 MVP를 동시에 수상하는 영광을 얻었는데 이는 메이저리그 역사 100년 동안 불과 여덟 명에 불과했다. 올해도 10승 3패 자책점 2.42로 아메리칸 리그 투수 부문 3위이며 다승 부문은 공동 2위다.

머리가 좋은 삼열은 아메리칸 리그의 투수들이 공을 던지는 것을 보면서 어떻게 강타자들을 상대하는지를 배웠다.

삼열은 경기를 마치고 집으로 돌아왔다. 따뜻한 햇살이 가득한 정원에 마리아가 서서 나무에 물을 주고 있었다.

"마리아!"

"어머, 달링."

마리아가 삼열에게 달려와 품에 안겨 볼을 비비고 키스했다.

"몸은 괜찮죠?"

"물론이야, 마리아. 여기서 이러지 말고 우리 어서 들어가자."

지난 8일간 만나지 못한 둘은 정열적인 키스와 사랑을 나누었다. 그 후 삼열은 그대로 서늘한 기운이 들어오는 것을 느끼며 잠에 빠졌다. 이상하리만치 섹스를 하고 난 뒤에는 잠이 온다. 그리고 나면 몸이 말할 수 없이 상쾌해졌다.

삼열은 일어나 커피를 마시면서 마리아와의 결혼을 생각했다.

그녀와 결혼하면 평생 행복할 것 같았다. 이런 여자를 다시 만날 수 없을 것이라는 생각은 거의 확정적이었다. 같이 지낼수록 이런 마음은 더욱 견고해졌다.

하지만 그는 이미 한 번 여자 집안의 반대로 결혼이 깨진 바가 있다.

수화도 약간 철이 없긴 했지만 정말 좋은 여자였다. 그녀는 자신에게 루게릭병이 있다는 것을 알고서도 만난 여자였기에 그만큼 상처는 깊었다. 이제 다른 사랑을 만났지만, 그렇기에 더욱 조심스러웠다.

그때의 삼열도 철이 없기는 마찬가지였다. 시련과 아픔이 사람을 성숙하게 만든다는 것은 사실이다. 그 일을 겪고 난후 삼열은 많은 생각을 하게 되었고 사랑을 지키기 위해서는 그에 따르는 대가를 지불해야 하는 것을 배웠다.

더 많은 시간을 보내면서 사랑하는 사람을 존중해 주고, 대화하고, 또 그 사랑을 지킬 능력도 있어야 한다.

사랑은 쉽지 않다.

"무슨 생각을 그렇게 해요?"

"아, 아무것도 아니에요."

"혹시 딴 여자 생각하는 건 아니죠? 그러면 정말 슬플 것 같아요."

삼열은 마리아의 말에 움찔 놀랐다. 그녀가 말한 대로 그녀 아닌 전 애인 수화를 잠시 생각했었다.

"무슨 말도 안 되는 소리를 해요."

말을 하면서도 삼열은 두근거리는 속을 억지로 잠재웠다. 여자의 직감은 너무나 예리하고 날카로운 듯했다.

그때 창가에 새들이 날아들어 아름다운 소리로 지저귀고 있었다.

'아직은 아니야. 더 멋있는 사람이 된 다음에 프러포즈를 할 거야.'

삼열은 아직 자신감을 가질 수 없었다.

그때도 그는 나무랄 데 없는 스펙이라고 생각했었다. 비록 마이너리그 계약이지만 무려 220만 달러의 계약금, 서울대 수석입학이면 통할 줄 알았다. 그런데 되지 않았다. 수화의 부모는 자신보다 더 좋은 조건을 가진 사람을 원했다.

'사랑을 위해 더 성숙한 사람이 되는 수밖에 없어.'

삼열은 창문을 통해 들어오는 바람을 느끼며 점심 준비에 여념이 없는 마리아의 뒷모습을 바라보았다.

두 사람은 결혼하지는 않았지만 부부나 마찬가지다. 문제는 그녀가 보통 집안의 딸이 아닐 것이라는 불안감이다.

그는 그녀가 라틴어와 그리스어로 된 원서를 읽는 것을 보고 그러리라고 짐작했다. 그리고 캘리포니아의 해변에서 요트를 타자고 했을 때도 느꼈다. 그녀가 적어도 그런 고급문화를 낯설어하지 않는다는 것을. 그것은 그녀가 유수한 가문에서 태어났다는 것을 의미했다.

삼열은 앞으로 더 노력할 것을 생각했다. 그는 서재로 가 미카엘이 주고 간 안테나를 바라보았다. 전의 안테나는 벌집 구조라 명확하게 알 수 있었지만 이번에는 크기가 작아져 그가 준 설계도가 없다면 무엇인지 모를 정도였다.

미카엘은 안테나와 자료만 주고 말없이 사라졌다. 느낌으로는 그가 자신의 행성으로 돌아간 것 같지는 않았다. 야구장에 아이들과 있을 때 그는 정말 즐거워 보였었다. 그래서인지 그가 한동안 지구에 머물 것이라는 느낌을 받았다.

인간에 비해 무한한 삶을 사는 그들 종족이 이곳에서 잠시 보내는 시간은 찰나와 같은 것이기에 삼열은 신경 쓰지 않기로 했다. 그에게는 그의 삶이 있고 자신에게는 그와 다른 인간으로서의 삶이 있다.

그는 말없이 육각형의 벌집 구조물을 바라보았다. 모두 3개였다. 큰 것은 손가락 크기였고 가장 작은 것은 밥알 정도의 크기였다. 지리산의 동굴에서 보았던 그 크고 허술했던 안테나의 흔적은 전혀 찾아볼 수 없었다.

삼열은 불과 며칠 만에 미카엘이 통장 잔고의 반을 사용한 것을 알았을 때 허탈하기도 했다. 호텔 스위트룸에서 보냈으니 경비가 많이 나오는 것은 당연한 일이었다. 이제부터 그는 또 주식이나 뭐를 해서 엄청난 돈을 벌 것이다. 만약 지구에서 좀 더 머무른다면 말이다.

"달링, 점심 먹어요."

"응."

식탁에 앉은 삼열은 마리아가 차려놓은 식사를 하며 행복해했다. 그도 이제 몇 가지 소스는 그녀의 솜씨가 아닌 것을 눈치챘지만 입도 뻥끗하지 않았다. 입에서 꺼내는 순간 그 맛있던 음식들은 식탁에서 사라질 것을 알았기 때문이다.

가끔은 진실을 은폐해도 좋을 때가 있다. 열심히 요리를 배우는 그녀의 의욕을 깎아내리는 그런 말은 생각만으로도 끔찍했다.

음식을 먹으면서 삼열은 생각했다.

'마리아는 이 요리들을 도대체 어디서 배운 것일까?'

삼열은 점심을 먹고 마리아와 커피를 마셨다. 거의 품 안에 안기다시피 밀착한 마리아는 그동안 있었던 일들을 이야기했다.

이런 이야기는 남자라면 두말없이 들어줘야 한다는 것을 수화를 사귀면서 알았다. 여자들은 이야기하는 것을 좋아할 뿐이지, 특별히 상황이 변하기를 바라는 것은 아니다. 그냥 누군가, 그것이 사랑하는 사람이라면 더욱 자신의 이야기에 귀를 기울여 주기를 바랄 뿐이다.

"자기, 막스의 손자가 아프대요."

"막스가 누군데?"

"옆집 할아버지요. 남자가 막스 애덤스고 그 부인이 에레나 씨인데요, 무척 재미있고 친절해요. 저번에는 나에게 돼지를 한 마리 주신다고 했어요."

"삼겹살?"

"피이, 그거 아니고요. 아주 작은 애완용 돼지요. 아주 영리하고 귀여워요."

"그런데 왜 안 받았어?"

"이 집은 렌트한 집이잖아요."

"그렇군."

삼열은 마리아가 돼지를 키우고 싶어 하는 것을 알고는 집을 사고 싶어졌지만 돈이 부족했다. 그리고 집을 사버리면 다른 곳으로 이사 가기도 어려워진다. 아직은 컵스에서 오래 있을 생각은 없으니까.

유독 자존심이 강한 그는 자신의 의사와 무관하게 트레이드되어 온 컵스 자체를 별로 좋아하지 않았다. 물론 컵스의 선수들이나 팬은 좋아했지만, 그것은 다른 이야기다.

'집을 산다면 결혼도 생각해야 하는데.'

슬쩍 곁눈질로 마리아의 아름다운 얼굴을 훔쳐보니 지금 당장이라도 그녀에게 프러포즈하고 싶었다. 그러나 그의 나이는 이제 스무 살. 한국인에게 스무 살의 결혼은 일러도 너무 이른 것이다.

하지만 좋은 사람이 나타나면 나이에 관계없이 결혼하기로 했던 것을 기억하자 삼열은 결혼에 대한 욕망이 치솟았다.

'할 수 있을까, 결혼?'

그는 할 일이 많았다. 안테나도 연구해야 하고 한국에서 벌이고 있는 작은아버지와의 소송 결과도 지켜봐야 한다. 새로운 마구도 배워야 하고. 그래도 가정을 이루는 것은 매력적인 유혹이었다. 혼자 자라서인지 유독 가정에 대해서는 약했다.

'그냥 질러?'

하지만 여전히 자신감이 부족했다. 신발로 맞는 거야 100번이라도 할 수 있다. 하지만 사랑하는 사람이 자기 때문에 부모님과 싸우는 모습은 차마 볼 자신이 없다.

삼열은 나직하게 한숨을 쉬며 내일의 일은 내일 염려하기로 마음먹었다. 지금은 그냥 앞으로 달려갈 뿐이다.

7. 비밀 결혼

삼열은 정원에 멍하니 서 있었다. 바람이 지나가는 길목에서 자연이 하는 작고 은밀한 소리를 들었다.

평소에 자주 듣는 새소리는 물론 벌의 왱왱거림, 파리의 시끄러운 날갯짓, 나비의 펄럭거림이 모두 하나가 되어 그의 귀와 눈을 어지럽혔다.

마음 같아서는 당장 결혼하자고 마리아에게 말하고 싶었다. 하지만 그 말을 생각하면 알 수 없는 두려움이 그를 엄습했다. 이는 사랑하지 않았다면 느낄 수 없는 두려움이었다. 이번에는 놓치지 않겠다는 결심을 해도 자신이 고리는 것이 이렇게 그의 마음을 아프게 만들 줄 몰랐다.

상처를 받았을 때 따끈한 미역국을 끓여주며 '괜찮아, 넌 내 아들이야!'라고 말씀해 주실 엄마가 없다는 것이, 무뚝뚝하지만 아들을 자랑스럽게 생각하셨던 아버지의 눈빛이 정말 그리웠다.

원해서 고아가 된 것이 아니다. 그래서 사랑만 있으면 다 된다고 생각했었다. 그리고 그는 자신이 있었다. 천재적인 머리를 타고났기에 서울대에 수석으로 입학하였다. 하지만 자신이 대단하다고 생각했던 것은 사회에서는 그다지 대단하지 않았던 모양이다. 그래서 상처를 입었다.

"엄마가 나 때문에 많이 아파. 병원에 입원하셨어. 우리 그만 헤어졌으면 해."

단 한 번도 수화가 이런 말을 할 것이라고는 생각하지 못했기에 그녀가 던진 말에 뭐라 반박을 할 변명거리가 없었다. 그리고 그녀의 말은 날카로운 비수가 되어 그의 심장을 예리하게 찔렀다.

가족을 위한다는데, 가족이 없는 그가 무슨 말을 한단 말인가.

그러나 이곳은 미국. 가끔 영화에서 본 것처럼 부모의 동의

없이 결혼하는 사람들도 꽤 있지만 상류층은 또 그렇지 않다
는 말도 있어서 갈피를 잡지 못했다.

한참을 갈팡질팡하던 삼열은 마침내 결심이 선 듯 차를 타
고 다운타운으로 나와 보석 가게로 갔다. 그가 들어서자 종업
원이 그를 알아보고 파워 업을 외쳤다.

"아, 고맙습니다."

"뭘요. 제 아들이 삼열 강 선수의 열렬한 팬이랍니다. 덕분
에 그 파워 업 티셔츠를 사주고 말았어요, 호호."

"고맙습니다."

"그런데 어떻게 오셨어요?"

"반지를 하나 살까 하고요."

"혹시 피앙세에게 선물할 건가요?"

"비밀인데……."

"물론이에요. 제 아들 미키에게도 말하지 않을게요. 다만
아들에게 자랑할 수 있게 사인 좀 해 주세요."

삼열이 머뭇거리자 엘리자베스라는 명찰을 단 여직원이 빙
그레 미소를 지었다.

"아, 미키에게는 길에서 만나서 받았다고 할게요."

"아, 그럼 그렇게 하죠."

"약혼반지인가요?"

"그건 아니고요. 다만 예쁜 반지였으면 합니다."

"후후, 염려하지 마세요. 예쁜 반지는 생각보다 많답니다."

그녀는 조금 안쪽에서 몇 개의 상자를 가지고 나왔다.

"호호, 그런 표정 짓지 않으셔도 돼요. 삼열 강 선수의 연봉을 알고 있는데, 너무 부담 가는 것은 없어요."

"아… 고맙습니다."

삼열은 그녀가 내미는 반지들을 보았다. 그가 관심을 가지자 엘리자베스는 일일이 자신의 손에 반지를 껴보며 설명을 시작했다.

"다이아몬드 반지는 디자인이 심플한 것이 좋아요. 다이아몬드 자체가 화려하니까요. 감정서는 여기에 있어요. 이것은 1만 달러이고요, 이건 1만 2천 달러입니다."

"아."

생각보다 값이 비쌌다. 하지만 삼열은 지갑을 열어 카드를 꺼내어 결국 1만 2천 달러를 결제하고야 말았다.

원래는 1캐럿짜리 반지는 세팅을 잘 해놓지 않는데 워낙 인기 있는 디자인이라 몇 개 여유가 있다고 하면서 즉석에서 살 수 있게 해주었다.

삼열은 가방에서 야구공을 꺼내 사인을 해주었다. 엘리자베스는 행복한 미소를 지으며 삼열에게 감사의 인사를 여러 번 했다. 아들을 사랑하는 엄마의 모습에 그의 가슴도 따뜻해졌다. 아마도 엘리자베스는 자신이 사인해 준 야구공을 아들에게 자랑을 한껏 한 다음 아들의 성화에 못 이기는 척하며 주리라.

삼열은 반지를 사서 나오며 미소를 지었다. 엘리자베스를 보니 문득 돌아가신 엄마가 보고 싶기도 했고, 또 자신에게 아들이 있다면 어떨까 하는 생각을 해보기도 했다.

'일단 청혼만 하고 결혼은 나중에 하는 거야. 내가 자리를 잡은 다음에.'

마리아가 있는 집으로 차를 모는 삼열의 마음속은 두려움과 흥분, 그리고 불안감이 가득했다. 그녀가 자신을 사랑하는 것은 잘 알고 있다.

그녀는 말했었다. 아이를 가지고 싶다고. 원하지 않으면 결혼을 하지 않아도 된다고. 그런 마리아의 말에 이렇게 용기를 가질 수 있게 된 것인지도 모른다.

집에 가까이 다가갈수록 긴장감으로 침을 넘길 때 목이 따끔거렸다. 그는 자신도 모르게 차의 속도를 늦춘 것도 몰랐다. 뒤에서 빵빵거리는 클랙슨 소리를 듣고서야 자신이 지나치게 느리게 가고 있음을 깨달았다.

삼열은 호흡을 크게 하고는 의도적으로 액셀러레이터를 힘껏 밟았다.

운명의 주사위는 던져졌다. 이렇게 거창하게 생각하지 않기로 했다.

삼열은 마리아의 눈치를 보고는 그냥 선물이라고 둘러댈 생각도 했다. 비겁함은 그의 취미처럼 이 순간 달콤하게 속삭였다.

문을 열고 그는 큰소리로 외쳤다.

"마리아!"

"네, 왜요?"

마리아는 저녁을 준비하다가 삼열이 외치는 소리에 궁금한 얼굴을 했다.

"이거."

"이게 뭐예요?"

"그냥… 반지."

"어머."

마리아는 환하게 웃으며 상자에서 반지를 꺼냈다.

"무슨 반지예요?"

"그냥 반지라니까."

삼열은 마리아의 질문이 그런 뜻이 아님을 알면서도 일부러 시치미를 뚝 뗐다.

"또 없어요?"

"뭘?"

"근사한 말 한마디나 사랑한다는 말 같은 거……."

삼열은 분위기가 나쁘지 않게 돌아가자 안도의 한숨을 쉬었다. 여차하면 이미테이션이라고 주장하려고 했다. 그래서 감정서도 일부러 빼두었다.

"호호."

마리아가 삼열의 눈치를 살피며 웃었다. 삼열은 괜히 얼굴이 붉어졌다.

"어머, 타겠어요. 잠시만 기다려요, 자기!"

마리아가 가스레인지 위에 놓여 있던 달걀을 뒤집었다.

"탔네."

마리아는 탄 계란 프라이를 미련 없이 음식물 쓰레기통에 집어넣고는 삼열에게 돌아왔다.

"이거 사려고 나갔다 온 거예요?"

"어. 뭐……."

"고마워요. 소중하게 간직할게요."

"아, 그러면 나야 좋지. 그리고 그거 안 비싼 거야."

"그런 말이 어디 있어요, 당신이 준 것인데. 방금 제 보물 1호에 등록되었답니다."

마리아는 반지를 낀 손을 여러 번 보더니 빼서 상자에 담았다.

"아니, 왜 안 껴?"

"너무 소중한 거라 중요한 자리에서만 끼려고요. 우리 내일 같이 어디 좀 가요."

"어디를?"

"아주 멋진 곳으로요."

"그렇게 하죠, 그럼."

삼열은 안도의 한숨을 내쉬었다. 반지를 줬으니 알아서 생각할 것이다. 그녀는 현명하니까 자신이 무슨 의도로 줬는지 알 것이다.

삼열은 마리아와 저녁을 먹고 달콤한 잠자리에 빠져들었다. 오늘도 대낮에 사랑을 나눴지만 한창 힘이 넘칠 때라 참지 못하고 저녁에 또 불을 지폈다.

마리아는 잠든 삼열을 가만히 바라보았다. 그리고 자신이 쓰는 작은 방으로 가서 가장 아래 서랍을 열쇠로 열었다. 거기에는 그녀가 삼열에게 주려고 샀던 반지가 있었다.

"받았으니 나도 줘야겠죠."

마리아는 미소를 짓고 그것을 다시 제자리에 놓았다. 그러고는 옷장 가장 깊숙한 곳에 놓인 옷을 꺼내 보았다.

'내일은 걱정하지 마요. 내가 다 알아서 할 테니까.'

그녀는 삼열의 어둠, 잠재의식 속에 침잠(沈潛)되어 있는 불안의 정체를 알고 있었다. 그것은 상실감이었다.

사랑한 이들을 잃은 데서 오는 불안과 염려, 그리고 조바심.

마리아는 삼열의 불안이 오는 그 어둠의 터널을 기꺼이 같이 걸을 마음이 있다. 사랑하니까 그의 짐을 기꺼이 같이 들 생각이 있었다.

심리학자이기도 한 그녀는 삼열의 불안을 치유해 주고 싶었다.

'귀염둥이, 내일 봐요. 호호.'

마리아는 삼열이 잠든 밤에 홀로 깨어 음모를 꾸몄다. 그녀만이 할 수 있는 음모는 시간이 지나면서 구체적으로 변했고 나중에는 아주 뚜렷해졌다.

아침이 되자마자 마리아는 들뜬 아이처럼 분주하게 움직였다. 삼열은 그런 그녀의 행동을 이해할 수 없었다.

"자기, 나 예뻐요?"

"자기, 화장이 너무 강하지 않아요?"

"자기, 이 옷 어때요?"

삼열은 혼자서 신난 마리아에게 화가 날 정도였다. 자신은 사라지고 공기가 된 듯 존재감이 전혀 느껴지지 않았다.

아침도 대충 먹고 나온 삼열은 오랜만에 재킷에 넥타이를 매었다. 청바지에 티셔츠를 입고 나오려니 마리아가 정색해서 어쩔 수 없었다.

오늘은 운전도 마리아가 한다고 했다.

삼열은 별수 없이 보조석에 앉아 끝없이 바뀌는 창밖의 풍경을 바라보았다. 도대체 마리아가 이렇게 흥분하는 이유가 무엇인지 무척이나 궁금해졌다.

햇살에 빛나는 아름답고 청순한 그녀의 얼굴이 삼열의 심장을 두근거리게 했다. 단아하고 하얀 원피스를 입은 그녀는 마치 수줍은 소녀 같았다.

삼열은 마리아의 옷을 보며 웨딩드레스라고 우기면 그럴 수도 있겠다고 생각했다. 그럴 정도로 예쁘면서도 새하얗고 우아한 옷이었다.

평소답지 않게 말도 없이 앞만 보고 운전하는 마리아가 왠지 이상했다. 그녀는 지금 사고 칠 궁리를 하는 개구쟁이의 눈빛을 하고 있었다.

'마리아가 뭘 꾸미고 있지?'

생각을 해보아도 정작 떠오르는 것은 없었다. 그냥 닥치고 마리아가 인도하는 대로 따라가야 할 것 같았다.

마리아는 두 시간을 운전하여 한적한 도시에 도착했다.

"여기가 어디야?"

"교회예요."

"교회?"

"네."

마리아가 고개를 끄덕이며 주차장에서 조금 떨어진 교회를 가리켰다.

"마리아, 나를 개종시키려고 하는 거야?"

"호호, 그렇지 않아요. 종교란 자신의 마음으로 믿어야 해요. 누구의 강요도 없이 스스로의 판단과 결정으로 각자가 믿을 신을 결정하는 거죠."

"그, 그렇지?"

무신론자인 삼열은 안도의 한숨을 내쉬었다. 그녀가 크리스천이라는 것은 이미 알고 있었다. 자신에게 개종하라는 압력을 넣는다면 아마도 꼼짝없이 그렇게 해야겠지만, 진심은 그렇게 하고 싶지 않았다.

작고 허름한 교회였다. 마리아는 주위를 둘러보고 미소를 지었다. 문을 열고 들어가자 문고리에 걸어둔 종이 딸랑거렸다. 그러자 잠시 후 가운을 입은 목사가 나타났다.

"어서 오시오. 환영합니다, 젊은 연인들이여!"

"언제든지 결혼이 가능하죠?"

"그럼요. 이곳은 일리노이 주(州) 정부가 정식으로 인정해 주는 곳이지요."

"그럼 우리 그이하고 이야기를 해야 하니 30분 정도 기다려 주세요."

"물론이지요. 미스……?"

"마리아 멜로라인이에요."

"아, 그 멜로라인인가요?"

"네."

"흐음, 멜로라인 가의 아가씨가 사랑의 도피라. 하지만 이곳은 알다시피 미성년자나 범법자만 아니라면 본인의 자발적인 결정으로 누구라도 결혼을 할 수 있다오. 그럼 의논을 하고 불러주시오."

목사가 사라지자 마리아는 가지고 온 가방에서 반지를 꺼내 어리둥절해하며 멀뚱히 서 있는 삼열에게 주었다. 삼열이 이게 무엇이냐고 물었다.

"사랑해요, 자기. 나와 결혼해 줘요."

"뭐? 아니, 마, 마리아. 그럼 진짜로 나랑 결혼하려고 하는 거야?"

"네, 원하지 않으면 안 해도 돼요. 난 당신이 원하는 대로 할 거예요."

"하지만 마리아, 여긴 당신의 가족도 없잖아요. 그리고 부모님의 허락도 못 받았고."

"이곳은 미국이에요. 미성년자만 아니면 누구라도 결혼할 수 있어요. 그러니 자기, 나와 결혼해 주세요."

"마리아, 청혼은 내가 해야 하는데… 하지만 그게……."

"나와 결혼해 줘요. 아니면 아니라고 말해 줘요. 아니라고 말해도 난 여전히 당신을 사랑할 거고 당신 곁을 떠나지도 않을 거예요."

삼열은 약간 당혹스러웠다.

솔직한 마음이라면 그녀와 결혼을 열두 번도 더 하고 싶었다. 하지만 그녀에게는 가족이 있지 않은가. 이렇게 초라한 곳에서 비밀 결혼식을 할 필요는 없는 것이다.

"난 이런 날이 언제 오나 날마다 꿈을 꿨어요. 어제… 당신이 내게 준 그 반지, 나에게 청혼하려고 준 거 아니었나요?"

"물론 그렇기는 해."

"그러니 우리 결혼해요. 뭐가 문제죠?"

"마리아의 부모님은 알아야 하잖아."

"조금 속상해하시겠지만 이해하실 거예요. 성인인 딸이 자신의 의지로 사랑하는 사람과 결혼하는 것을요."

"아, 마리아. 하지만……."

"나와 결혼해 줘요. 아니라면 아니라고 말해 줘요."

삼열은 마리아의 손에서 반지를 빼앗아 그녀의 손가락에 끼워주었다.

"이것이 내 답이야. 마리아, 사랑해."

"자기, 행복해요. 당신을 실망시키지 않는 정숙한 아내가 될게요."

마리아는 부끄러운 듯 고개를 살짝 숙이고 있었다. 마리아의 행복한 웃음에 삼열의 마음도 행복으로 물들었다.

잠시 후 목사가 들어오고 두 명의 증인이 나와 증명서에 사인했다.

목사의 주례는 5분도 안 되어 끝났고, 30분도 안 되어 결혼식이 끝났다. 너무나 간결한 결혼식에 삼열은 어리둥절했다.

마리아는 결혼식 비용을 납부하고 삼열의 어깨에 기대어 교회를 나왔다.

"우리 그럼 이제부터 부부인가?"

"그럼요. 여기 결혼 증명서도 있잖아요. 이제 우리는 법적인 부부예요."

"믿어지지가 않아, 너무 급작스럽고 빠르게 진행되어서. 그리고 미안해, 이런 초라한 결혼을 하게 만들어서."

"달링, 이게 뭐가 어때서요? 정도의 차이는 있지만 결혼식에 의미를 두는 미국인은 그렇게 많지 않아요. 오히려 결혼의 의무에서 벗어나기 위해 혼인식을 하지 않고 평생 동거만 하는 커플도 적지 않아요."

삼열은 그제야 왜 그녀가 아침부터 그렇게 흥분했는지, 그리고 그렇게 많이 자신에게 물어봤는지 이해가 되었다.

자신이 용기를 내지 못하자 그녀가 먼저 나선 것이다. 삼열은 그 사실을 알게 되자 남자로서 부끄러움을 느꼈다.

그는 오늘 자신이 남자답게 행동하지 못했다고 생각했다.

미국의 문화를 알지 못해 오해를 한 면도 분명히 있지만 그녀가 자신을 위해 희생한 것을 알아차렸다. 그녀라고 이런 초라한 결혼식을 원하지는 않았을 것이다. 그녀는 사랑에 용기를 냈고 그래서 원하는 것을 얻었다.

"마리아!"

"네."

"우리 신혼여행도 못 가는데 어떻게 하죠?"

"신혼여행은 꼭 가야 해요. 이번 시즌이 끝나면 같이 가요."

"그래도 돼요?"

"그럼요. 꼭 같이 가기로 약속해 줘요."

"그럼요."

이렇게 삼열은 얼떨결에 결혼하고 말았다.

그가 생각했던 두려움은 이미 사라지고 없었다. 이제 부부가 되었으니 장인과 장모가 반대한다고 해도 아무 소용이 없다. 이제는 마리아의 부모님을 만난다고 해도 당당하고 뻔뻔해질 여유가 생겼다. 이제는 남편이니까.

삼열은 마리아의 마음에 고마움을 느꼈다. 그리고 생각했다.

'당신을 실망시키지 않고 평생 행복하게 해줄게.'

삼열은 마음의 불안과 어둠, 초조함이 서서히 사라지는 것을 느낄 수 있었다.

'최고의 투수가 되어 그 순간의 영광을 당신에게 꼭 바칠게.'

삼열은 마리아의 손을 꼭 쥐었다. 그러자 의아한 표정으로 그녀가 삼열을 바라보다가 미소를 지었다.

하늘은 파랗게 빛나고 있었고 바람은 시원하게 불어왔다.

삼열은 단순히 야구 선수가 아닌 행복을 던지는 투수가 될 생각을 했다. 그리고 그러기 위해서는 지금보다 더 열심히 노력해야겠다고 생각했다.

결혼식은 짧게 끝났지만 그 결과는 대단했다.

이제 두 사람은 애인 사이가 아닌 아내와 남편이 되었고, 사랑보다는 책임이 더 중요하다는 것을 앞으로 배워야 하기 때문이다.

그래서 결혼은 사랑이 식을 것을 두려워하는 사람들이 하는 의식이라고도 한다. 사랑한다면 굳이 결혼이라는 의식으로 서로를 묶어둘 필요가 없으니까. 물론 결혼은 사랑보다 더 깊은 것을 느끼고 싶을 때 해도 된다.

결혼식을 하자 '아기는 안 돼'라던 생각이 '신의 축복이라면 조금은 이르지만 괜찮겠지'로, '혹시 헤어지면 어떻게 하나?'가 '우리 가정은 어떤 모양이 되어야 할까?'로 발전했다.

30분의 짧은 의식을 거쳤을 뿐인데 결혼 증명서라는 종이 한 장이 주는 안정감은 가히 상상하기 힘들 정도로 대단했다.

저녁을 레스토랑에서 근사하게 먹고 집으로 돌아와 이전과는 다른 안락함 속에서 깊은 마음을 나누는 사랑을 했다.

*　　　　*　　　　*

아침이 되자 삼열은 모든 것이 달라 보였다. 이전과 같은 집, 정원, 공기, 바람이었지만 전혀 새로운 모습으로 보였다.

어떻게 이렇게 달라질 수가 있지 싶었는데 이는 마리아도 마찬가지인지 무척이나 감격스러워했다. 더할 나위 없는 그 사랑스러운 모습에 삼열은 결혼이 주는 깊은 안락감을 느꼈다.

따사로운 햇살을 맞으며 마리아는 회사로 출근했고 삼열도 연습장으로 가서 훈련을 시작했다.

"하이, 삼열!"

"아, 어서 와. 로버트."

"너 무슨 일 있었구나. 얼굴이 달라 보이는데? 애인 생겼냐?"

"이 자식아, 이 몸은 이미 애인이 있었다."

"그래? 그럼 양다리냐?"

"이 자식이 매를 벌어요."

삼열은 가볍게 이단 옆차기를 로버트에게 닐렸다. 그외 공격을 미처 예상하지 못한 로버트는 옆으로 쓰러지며 어이쿠, 하고 큰소리를 내질렀다.

"이 몸이 어제 결혼했다는 거 아니냐?"

"그래? 삼가 조의를 표한다. 이 자식아, 그걸 왜 벌써 하냐? 너 혹시 약 먹었냐?"

삼열은 로버트의 빈정거림에 신경도 쓰지 않고 연습을 했지만 로버트가 돌아다니며 어린 녀석이 벌써 결혼을 했다고 다 까발리고 다녔다. 덕분에 삼열은 여러 사람의 축하를 받았는데 기분이 나쁘지는 않았다.

사람들은 삼열이 결혼한 것에 대해 별다른 말이 없었다.

개인적인 사항이었고 결혼을 한다 해도 친인척만 초청해 조촐하게 하는 경우가 많으니 모두 그런가 보다 하고 넘어갔다. 단지 몇몇 선수가 왜 시즌 중에 결혼했는지 의문을 표하는 것이 다였다.

오늘의 경기는 지역 더비전으로, 상대는 시카고를 연고지로 두고 있는 시카고 화이트삭스였다.

시카고 화이트삭스는 1901년 창단되었다.

1906년과 1917년에 월드 시리즈 우승을 거두었고, 최근에는 2005년에 휴스턴 애스트로스를 상대로 88년 만에 감격적인 우승을 하였다.

1908년에 월드 시리즈에서 우승한 후 단 한 번도 해보지 못한 시카고 컵스는 전국적인 팬들을 보유하고 있는 인기 팀인 데 반해 화이트삭스는 그렇지가 못하다. 이는 화이트삭스가 1919년 신시내티 레즈를 상대로 일부러 경기에 져 주는 경기 조작 사건, 이른바 '블랙삭스 스캔들'을 일으켰기 때문이다.

경기 조작이 발각되어 여덟 명의 선수가 영구 제명을 당했다. 여기에는 베이브 루스의 영웅이었던 '맨발의 영웅 조 잭슨'도 포함되었다.

"어때, 준비는 다 되었어?"

올해 최고의 해를 보내고 있는 라이언 호크가 삼열에게 물었다.

"뭐, 대충요."

화이트삭스는 현재 아메리칸 리그의 중부 지구 2위로, 1위 팀과는 불과 한 게임 차밖에 나지 않았다. 기엔 감독이 그만두고 파사트 로빈이 화이트삭스를 맡으면서 많은 사람이 걱정했지만 우려와 달리 화이트삭스는 순항 중이었다.

파사트 로빈은 메이저리그는 물론 마이너리그에서조차 지도자로 있었던 적이 단 한 번도 없었다. 다만 그는 현역 시절 3루수로 활약했는데 여섯 번의 골든 글러브, 두 번의 올스타에 뽑히기도 했다. 그런 그가 사령탑으로 부임하여 강력한 카리스마로 순식간에 선수들을 휘어잡았다.

"파사트 로빈 감독이 너의 투구를 기대한다고 인터뷰를 하던데."

"쩝. 자기 팀이나 신경 쓰지, 남의 팀 투수한테 뭔 말이 많대요?"

"하하, 그만큼 너의 투구를 기대한다는 것이지."

"오늘은 대충하려고 했는데 결혼 기념으로 이겨야겠네요."

라이언 호크는 삼열이 말은 이렇게 해도 막상 경기에서는 누구보다 최선을 다하는 것을 알고 있었다. 그렇지 않다면 그렇게 연습을 많이 하는 것이 무슨 의미가 있단 말인가.

삼열은 마운드에 서서 공을 던졌다. 공이 미끄러지듯 포수의 미트에 박혔다. 원하는 대로 공이 구사되었다. 특히나 손끝에 걸리는 공의 실밥이 주는 미묘한 감촉이 오늘은 특별한 날임을 알려주었다.

'오늘의 승리는 마리아, 당신에게 바칠게. 음하하하!'

삼열은 혼자 피식 웃었다. 그런 그를 보며 선수들이 역시 어리군, 하는 표정으로 그를 바라보았다. 하지만 삼열은 마냥 행복했다.

*   *   *

마리아는 오늘 정신없이 바쁘게 일을 했지만 행복했다.

결혼은 그녀가 아주 강력하게 소원하던 것이었다. 그녀의 어머니도 일찍 결혼해서 자식들을 키우며 평범하지만 행복한 삶을 사셨다. 그녀는 존경하는 어머니인 사라를 닮고 싶었다.

그녀의 입가에 걸린 미소가 떠나지 않았다. 그 모습을 보고 동료들이 왜 그러냐고 물어도 빙그레 미소만을 지을 뿐이었다.

마리아는 정말 열심히 일했다. 흔히 사람들은 얼굴이 예쁘면 일을 하는 데 유리할 것이라고 생각하는데 전혀 그렇지 않다. 단순한 업무를 하는 평직원을 뽑는 데는 얼굴이 예쁜 사람이 유리하지만 고위직으로 갈수록, 그리고 전문직일수록 불리하게 작용한다.

아름다운 얼굴은 사람들에게 호감을 불러일으키지만 동시에 경계심도 가지게 한다. 그래서 회사의 고위직일수록 평범한 얼굴의 사람이 많다.

마리아도 이 사실을 모르다가 최근에야 깨닫게 되었다. 물론 천재에 속하는 그녀는 너무도 당연하게 업무에 두각을 나타냈지만 요즘은 이전보다 더 열심히 일했다. 얼굴이 아닌 능력으로 승진했다는 말을 듣고 싶었다.

그녀는 책상 위의 핸드폰이 지잉 울리자 하던 일을 멈추고 핸드폰의 액정 화면을 보았다.

작은 오빠 존이었다.

'웬일이지?'

마리아는 궁금한 마음에 전화를 받았다.

"오빠, 이번엔 또 뭐야?"

—나 여기 너네 회사 앞이야. 나와라.

"앗, 여기까지 왔어?"

—그럼 어쩌겠냐? 어머니께서 너 잘 지내나 보고 오라는데.

"알았어. 기다려."

마리아는 동료 직원들에게 잠시 자리를 비운다고 하고 1층 로비로 내려갔다. 키 크고 잘생긴 존을 여자들이 연신 흘끔흘끔 훔쳐보면서 지나가고 있었다.

'하여튼!'

"존!"

"마리아!"

존이 가볍게 마리아를 안고는 어깨를 두드리며 친근함을 표했다.

"예뻐졌네. 좋은 일 있구나?"

존이 슬쩍 찔러보았다. 노련한 그는 여자들의 얼굴을 보면 그 사람의 상태를 눈치챌 수 있었다.

자상한 성품에 뛰어난 학식, 그리고 조각 같은 외모는 여자들의 마음을 쉽게 훔쳤다. 게다가 그는 돈도 많았다.

"앗, 오빠. 그게 보여?"

"연애가 잘되나 보네."

"응."

"그 녀석이지? 요즘 뜨고 있는 그 파워 업?"

존은 파워 업을 하며 아이들의 표정을 흉내 내었다.

"응."

"아버지가 반대하실 텐데, 괜찮겠어?"

"물론이지!"

"아버지가 결혼을 허락하시지 않을 거야. 아버지는 스포츠를 별로 좋아하시지 않아."

"아버지의 허락은 필요 없어."

"너, 너 그러면 안 돼."

"이제 소용없어."

마리아가 존의 얼굴을 똑똑히 보며 차분하게 말을 했다.

"나 어제 결혼을 했거든."

"오, 맙소사! 너 드디어 사고 쳤구나. 아버지가 가만히 안 있을 거야."

"아버지는 아버지고 나는 나야. 내 인생에 아버지가 왜 간섭해? 난 내 행복을 선택했을 뿐이고, 아버지는 아버지의 인생을 살아가시면 되는 거야."

존은 고개를 끄덕이면서도 불안한 표정을 지우지 못했다. 나이는 자신이 많지만 동생과 싸우면 항상 자신이 졌다. 말로는 어떻게 해볼 수 있는 동생이 아니었다.

"엄마는 너를 지지해 줄 거야. 하지만 나나 형은 그러지 못해. 알지?"

"그럼. 오빠 유산을 받아야 하잖아. 유산을 받지 못하면 그 호화로운 생활도 단번에 끝장이 날 테니 말이지."

"하하, 뭘 또 그렇게 노골적으로 이야기하니?"

"존 오빠, 더 정확하게 말해 줄까?"

"하하, 아니다. 난 항상 너의 의견을 항상 존중했던 거 몰라?"

마리아는 존의 말에 고개를 끄덕였다. 존은 주위를 둘러보았다. 깔끔하고 정리 정돈이 잘된 로비였다. 이런 곳에서 동생이 일하게 된 것에 그는 만족했다.

"그에게 아버지에 대해서 말했어?"

"아직 못 했어."

"휴~ 쉽지 않을 거야. 하지만 말해야 해."

"응, 곧 할 거야. 아버지와 어머니, 그리고 오빠의 바람기에 대해서도 모두 속이지 않고 말할 거야."

"네가 멜로라인 가문의 상속녀라는 것도 말해야 해."

"하지만 아버지가 내 이름을 지울 거야."

"할아버지가 너에게 주기로 한 것은 아버지도 어쩌지 못해. 그것은 이미 네 거야."

마리아는 존의 말에 미소를 지었다. 큰오빠와 달리 존은 바람기가 다분히 있어도 욕심을 부리지는 않는다. 그래서 큰오빠 헨리보다 존을 더 좋아하는지도 모른다.

"꼭 돈이 많아야 행복한 것은 아냐."

"물론 그렇지만 네 것을 포기할 이유는 없잖아. 그것도 단지 네 의지로 결혼했다는 이유 하나만으로. 가문에서 할아버지의 뜻은 절대적이야."

존은 조금도 물러서지 않고 계속 자신의 주장을 폈다. 자신이 그렇게 하지 않는다면 동생의 재산을 탐욕스런 헨리가 모두 가져갈 것이 분명하니 말이다.

*   *   *

삼열은 리글리 필드에 도착하여 몸을 풀고는 잎이 무성한 담쟁이덩굴을 바라보았다. 이것이 무슨 의미인지 모르겠다. 야구와 담쟁이덩굴의 함수 관계를 아무리 생각해도 뭐가 떠오르지는 않았다.

보기는 좋다고 하지만 그것은 주관적인 것이고 야구 선수인 그가 보기에는 선수들의 안전을 위협하는 녹색의 위험 덩어리에 지나지 않았다. 이 담쟁이덩굴 때문에 가끔 원정 팀 수비수들이 무리한 수비를 하다가 부상을 입을 때도 있었다.

"파워 업을 해야지."

그는 녹색의 담쟁이덩굴을 노려보다가 마음을 가다듬으려고 혼잣말로 중얼거렸다.

선수들은 선수들의 입장에서 사물을 보지만 구단은 팬들의 요구도 고려해야 하니 수십 년간 이어온 전통을 바꾸기는 힘들 것으로 생각되었다. 단지 100년이 넘는 건물을 아직도 사용할 수 있는 것에는 부러움 아닌 부러움을 느꼈다.

경기 시간이 점점 다가오자 삼열은 1루 쪽으로 가서 아이들에게 티셔츠를 나눠주었다. 100벌을 준비했는데 반밖에 나가지 않았다. 아이들이 이미 자기 돈으로 옷을 사 입고 온 것이다.

파랗고 빨간색 로고가 새겨진 파워 업 티셔츠는 앙증맞고 귀여웠다. 구단의 티셔츠도 아닌데 이렇게 많이 팔린 것은 이례적인 일이라고 신문에 나오기도 했다.

"형아, 우리가 열심히 응원할 테니 꼭 승리해요."

"고마워. 하지만 승리는 내 마음대로 안 되는 거야. 상대편 투수와 타자들도 최선을 다할 테니까 말이지. 하지만 승리하도록 노력할게."

"와, 멋지다."

금발 소녀의 눈이 삼열의 말을 듣고 하트로 변해 버렸다. 삼열은 그 눈빛이 부담스러워 마운드로 서둘러 돌아왔다. 상대편 선수들도 도착하여 경기를 준비하기 시작했다. 시간이 지나면서 관객들의 수가 증가했고 경기 한 시간 전에 이미 만원이 되어버렸다.

더그아웃에는 스물한 번째 퍼펙트게임의 주인공인 필립 험버가 보였다. 그는 평범한 투수로 퍼펙트게임을 하기 전에는 이름도 별로 알려지지 않은 선수였다.

퍼펙트게임을 한 이후에는 갑작스럽게 제구력 난조를 보여 5이닝 9실점, 2.1이닝 8실점을 할 정도로 흔들렸었다. 최근에는 다행히도 제구가 되어 선발 투수로서 제 몫을 다하고 있지만 위력적인 공을 던지는 투수는 아니었다.

경기가 시작되자 삼열은 마운드에 올라 공을 몇 개 던져 보았다. 손끝에 감기는 느낌이 바람처럼 자유로웠다.

오늘은 시카고 컵스의 홈경기.

삼열은 천천히 공을 손가락으로 돌리며 미묘한 실밥의 감촉을 느꼈다. 108개의 실밥이 손끝에 감기면 선수들은 대부분 그날 자신의 구위를 예상할 수 있게 된다. 공이 손에 착 안기듯이 들어오면 그날의 구위는 대체로 좋게 나타난다. 그것은 너무나 당연한 일이기도 했다. 늘 공을 가지고 연습을 하기에 손에 공이 잡히는 느낌만으로도 그날의 컨디션을 알 수 있다.

1번 타자는 도미니카 공화국 출신의 필립 이가로로 2007년에 플로리다 말린스에 입단하여 통산 타율이 0.28이며 출루율은 0.342다. 올해 98개의 안타와 6개의 홈런을 치고 있었다.

삼열은 타자가 기다린다는 느낌이 왔다. 공을 던지자 바람이 일어났고 펑 하는 소리와 함께 공이 포수의 미트에 박혔다.

"스트라이크."

가운데로 약간 몰린 공이었다. 삼열이 이렇게 정직하게 던진 이유는 상대 타자를 유인하기 위해서였다. 초구에 스트라이크를, 그것도 정직하게 스트라이크 존에 던지면 타자는 어쩔 수 없이 다음 공에 적극적으로 나오게 된다.

삼열은 상대 타자의 눈이 빛나는 것을 보고 공을 던졌다. 배트가 급하게 따라 나왔고 빗겨 맞은 공이 데굴데굴 그의 앞으로 굴러와서 그는 침착하게 공을 집어 1루에 던졌다.

오늘의 목표는 최소의 공을 던지는 날로 잡았다. 그러기에 상대 타자를 극도로 맞혀 잡아야 했다.

알렉산더 라이더가 타석에 들어섰다. 그는 약간 움츠린 느낌이 들었다. 하지만 그의 눈빛은 강렬하게 빛나고 있었다. 승부를 하는 눈이었다.

하지만 그는 요즘 타격이 제대로 되지 않아 슬럼프를 겪고 있었다. 그는 쿠바 출신으로 2010년 유격수 부문 실버 슬러거상을 받았던 경력이 있다.

삼열은 그가 지금 슬럼프라 하더라도 타격이 정교한 타자라는 것을 기억하고는 공을 던졌다. 왠지 느낌이 이상해서 공을 바깥쪽으로 던졌다. 그러자 배트가 바로 따라 나왔다.

딱.

공은 유격수 앞으로 일직선으로 날아갔다. 스트롱 케인이 먹이를 낚아채는 솔개의 날갯짓으로 우아하게 잡아냈다.

삼열은 그가 자신의 느낌대로 초구를 노리고 있었음을 알고 자신의 감이 이제는 아주 잘 맞아가고 있다는 것을 느끼자 기분이 좋아졌다.

알렉산더 라이더는 고개를 숙이고 천천히 더그아웃으로 들어갔다. 삼열은 결혼하면서 행복을 던지는 투수가 되기로 결심한 것이 생각났다.

그런데 어떻게 하면 행복을 던질 수 있을까?

삼열은 불현듯 드는 생각에 잠시 움찔했다. 일단 행복하게 던지는 것부터 해야 한다.

3번 타자는 폴 포크바였다. 올해 102개의 안타와 0.336의 타율로 현재 아메리칸 리그의 타격 순위가 2위다. 게다가 통산 412개의 홈런을 친, 말 그대로 제대로 된 슬러거다.

삼열은 잠시 호흡을 가다듬고 여유 있게 타석으로 들어서는 그를 바라보았다. 그는 항상 꾸준한 성적을 내주시민 언론의 주목을 받지는 못하는 선수였다. 언론이 삼열을 좋아하는 것과는 정반대의 선수.

매스컴은 실력이 있는 선수보다 이슈 메이커, 즉 이야깃거리가 있는 선수를 선호하게 된다.

기껏 인터뷰를 했는데 단답식으로 묻는 말에나 대답하면 기자가 얻을 게 별로 없다.

하지만 삼열처럼 의외의 말들이 튀어나오면 시청자들이 무척 좋아한다.

게다가 삼열은 독설해도 교묘하게 관중과 대중을 적으로 돌리지 않는다. 레드삭스를 비난해도 레드삭스와 팬은 위대하다고 먼저 말하고 얄미운 소리를 한다.

삼열은 여유로운 표정의 그를 보고 그도 자신과 마찬가지로 야구를 좋아하며 야구를 통해 행복을 느낀다는 생각을 하게 되었다. 덥수룩한 수염이 그의 선한 눈매를 덮고 강렬한 인상을 주었다.

삼열은 바람의 흐름을 느끼며 공을 던졌다. 공이 바람처럼 날아갔고 폴 포크바는 배트를 휘둘렀다.

따악.

공이 배트의 한가운데에 맞아 뻗어갔다. 레리 핀처가 뛰어갔지만 공을 잡지는 못했다. 바람이 외야 쪽을 향해 불고 있었기에 생각보다 공이 더 날아간 것이다.

폴 포크바는 1루를 돌아 2루에서 멈췄다. 삼열은 고개를 끄덕이며 박수를 쳤다. 훌륭한 타격이었다.

95마일의 공을 때린다는 것은, 그것도 체중이 실린 공을 정확하게 맞힌다는 것은 결코 쉬운 일이 아니다. 삼열은 가능한 전력 투구를 하지 않기로 했다. 레드삭스전에서 전력 투구한 후유증이 사실은 조금 있었다. 몸에 있는 신성력이 발현되어 다음 날 아침에 몸은 아무렇지도 않았지만 기력이 달리는 것을 느꼈었다.

마틴 스트라우스가 100마일의 공을 던질 줄 알면서도 95마일 전후로 던지는 데는 다 이유가 있는 것이다.

삼열은 끝없는 질병의 고통 속에서 한 가지 지혜를 배웠다. 그것은 인간의 삶과 육체가 유한하다는 것이었다. 그래서 그는 신성석이 있다고 해도 무리하지 않을 생각이다.

그리고 굳이 105마일의 공을 던질 필요도 없었다. 95마일 전후만 해도 인간의 신체 반응 속도로는 제대로 반응하기가 쉽지 않다. 노리고 치지 않으면 연타를 맞지 않는다는 말이다.

삼열이 안타를 치고 나간 폴 포크바를 보며 흔들리지 않는 이유도 여기에 있었다.

'역시 즐기면서 하는 사람은 뭐가 달라도 다르구나.'

재능이 있는데 마음의 자세마저 저렇게 바르면 이길 수 있는 사람이 몇이나 되겠는가. 그에겐 이미 승패가 중요한 것이 아니라 야구를 하는 것 자체가 행복한 일이기 때문이다.

행복한 사람을 이길 수는 없다. 행복한 사람은 져도 거기에 굴복하지 않고 새로운 도전을 함으로써 인생을 풍요롭게 누릴 뿐이다.

4번 타자는 아담 콘. 그는 올해 벌써 30홈런을 기록하고 있지만 타율은 0.211이다. 모 아니면 도인 선수.

7년 동안 그가 가장 적은 홈런을 때린 해가 38개였다. 그런데 2011년 맹장 수술을 받고 복귀한 이후에는 예전의 그가 아니었다.

불과 11개의 홈런을 때렸을 뿐이었다. 그러나 작년에 완벽하게 재기했고 올해 역시 그의 페이스대로라면 50개 이상의 홈런을 칠 것으로 보였다.

폴 포크바의 수염이 귀엽다면, 아담 콘의 수염은 털보 아저씨 같은 인상을 풍겼다.

2미터에 가까운 키에 수염까지 있으니 상대 투수에게 위압감을 주었다. 하지만 그는 매년 170개 이상의 삼진을 당했다.

삼열은 공을 던졌다. 낮게 날아가던 공이 위로 치솟는 듯 보였고 애덤 던이 배트를 휘둘렀다. 라이징 패스트볼이었다.

펑.

미트에 공이 들어갔다. 전광판에는 103마일이 적혔다. 그러자 리글리 필드가 유쾌한 파워 업 소리로 요동쳤다. 그리고 1루에서 시작된 노래가 점점 크게 들려왔다. 삼열은 잠시 타임을 부르고 노래를 들었다.

"우리는 파워~ 업, 파워~ 업. 나나나나 파워~ 업, 우리는 파워~ 업. 나나나나 무적의 파워~ 업 맨. 던진다. 무적의 공이 나가신다. KKK! 유 아웃~ 우리는 무적의 파워 업~ 맨."

무슨 만화 영화 주제가에 가사를 붙인 것 같았는데 내용이 유치하기 그지없었다.

듣고 있자니 얼굴이 저절로 붉어졌다. 어린이 팬이 만든 것 같은데 멜로디는 흥겨웠다.

물론 제대로 된 가사는 하나도 없었다. 무조건 파워 업을 외칠 뿐이었다.

삼열이 보니 맞은편에 있는 방송국 부스의 아나운서들도 웃고 있었다.

─하하. 삼열 강 선수, 노래를 듣고 당황한 모양이네요.

─그렇군요. 이 노래는 뉴튼이라는 아이가 지은 것으로, 유명한 만화 주제가를 개사한 것입니다. 멜로디도 조금 변형시켰고요. 마리아나의 이야기를 전해 듣고 삼열 강 선수의 팬이

되기로 했다는데요, 내용은 없지만 은근히 중독성 있는 멜로디입니다. 원래 아이들 대상으로 하는 노래가 그렇지 않습니까?

―아, 그렇군요. 자니 메카인 씨, 이 노래를 삼열 강 선수가 좋아할까요?

―지금의 표정으로 보면 그다지 좋아하지는 않는 것 같군요. 저도 이 노래를 처음 들었을 때는 어이가 없었지만 들으면 들을수록 귀에 착 감기네요.

―그게 이 노래의 특징이기는 하지요. 어쩔 수 없을 것입니다. 삼열 선수의 팬이 아이들에 집중되어 있으니까요. 하하, 어쨌든 즐거운 일이군요.

―이것도 역시 유튜브를 통해 나온 것인가요?

―네, 그렇습니다. 유튜브에 올라온 지는 좀 되었죠. 그게 오늘 응원가로 돌변한 것이군요.

삼열은 오늘 경기가 시작되기 전에 아이들의 움직임이 수상했던 것을 기억했다.

그가 관중석에서 나가자마자 자기들끼리 모여 음모라도 꾸밀 듯 속닥거렸던 것이다.

"쩝."

세상의 모든 것이 자신이 원하는 대로 되지는 않는다. 가사가 쉽다 보니 주위에 있던 사람들도 쉽게 따라 할 수 있게 되면서 관중석은 이상한 노래로 가득 차게 되었다.

경기는 속개되었고 삼열의 컷 패스트볼에 애덤 던의 배트가 헛돌았다. 결국 그는 3구 만에 삼진을 당하고 말았다.

1회 초가 끝나고 삼열은 마운드에서 내려가는데 다시 노래가 흘러나왔다.

"나나나나 파워~ 업, 우리는 파워~ 업. 나나나나 무적의 파워~ 업 맨!"

처음 들을 때는 조금 머쓱했지만 어차피 그도 별로 이미지가 좋은 편이 아니니 그냥 웃었다. 악동 이미지에 무슨 세련된 응원가를 바랄까.

상대 투수는 크리스찬 세일이었다. 2010년 드래프트 13픽인 화이트삭스와 계약한 후 그는 자신을 향한 애초의 염려를 모두 불식시켰다.

그는 상대적으로 부상당할 확률이 높은 Inverted W의 투구폼으로 인해 실력보다 저평가받았다.

Inverted W는 투구폼이 '역 W'가 되는 것으로 투구 메커니즘에서는 안정적이라는 말도 있지만 팔꿈치를 위로 드는 과정에서 보다 많은 근육이 사용된다.

이는 그만큼 빠르게 투구를 해야 하기에 팔꿈치에 무리를 준다는 주장이 계속 있었다. 컵스의 유망주 미크 프라이어가

이 투구폼으로 유명했는데 그는 부상으로 메이저리그에서 사라졌다.

Inverted W의 투구폼은 많은 공을 던지면 부상의 위험이 상대적으로 높다고 알려져 있다. 이론의 여지는 있지만 이 투구폼으로 공을 던지는 마틴 스트라우스가 메이저리그에 올라오자마자 불펜에서 몸을 풀다가 부상으로 15일 DL에 오르면서 Inverted W의 투구폼은 위험스러운 것으로 인식되기 시작했다.

이 투구폼으로 공을 던지는 선수들 상당수가 부상의 경험이 있는 것도 문제였다.

케리 우드, A.J.버넷, 제레미 본더맨, 숀 마컴, 앤서니 레이에스, 존 스몰츠 등 모두 어깨나 팔꿈치를 수술한 전력을 가지고 있다. 특히 존 스몰츠의 경우는 네 번이나 팔꿈치 수술을 했다.

워싱턴 내셔널스가 마틴 스트라우스의 투구 수를 제한하는 이유도 여기에 있다.

마크 프라이어의 전철을 밟지 않게 하기 위해 경기당 95개 이하로 공을 던지게 하고 있다.

하지만 크리스찬 세일은 이런 염려를 모두 불식시켰다. 그는 작년과 올해 뛰어난 성적을 거두었다. 올해도 11승 2패, 자책점은 2.37로 제레드 위버에 이어 아메리칸 리그의 투수 순위가 2위에 랭크되어 있다.

삼열은 크리스찬 세일이 던지는 공을 지켜보았다. 강속구 투수라기보다는 슬라이더와 체인지업을 잘 던지는 투수로 알려졌지만 최고 100마일도 던질 수 있다.

투구폼이 인상적이었고 미트에 꽂히는 공의 소리를 들어보니 묵직했다. 스윙을 제대로 해도 안타가 나오기 힘들 것으로 보였다.

1회 초에 폴 포크바가 삼열의 공을 정확하게 타격했지만 2루타밖에 만들지 못한 것은 구위에 눌려서다.

이 말은 공의 묵직함에 배트가 밀려 펜스를 넘기지 못했다는 것을 의미한다. 마찬가지로 크리스 세일의 투구가 그러했다.

드디어 컵스가 공격을 시작했다. 1번 타자 빅토르 영이 타석에 들어섰다. 빅토르 영은 조심스럽게 세일의 공을 살폈다.

첫 번째 공은 슬라이더였는데 묵직하게 미트에 꽂혔다. 그다지 빠르지는 않았지만 제구가 잘된 공이었다. 슬라이더는 랜디 존슨 급으로 평가받고 있는 그였다.

빅토르 영은 5구 만에 삼진을 당하고 더그아웃으로 들어왔다.

"어때?"

"직접 경험해 봐."

"하하, 비싸게 굴긴."

빅토르 영이 주위의 타자로부터 질문을 받자 결국 한마디 했다.

"구위가 좋아. 쳐도 장타가 나오기 힘들어. 뭐, 그래도 저 괴물보다야 훨씬 못하지만 말이지."

빅토르 영이 손가락으로 삼열을 가리켰다. 선수들은 그의 말에 고개를 일제히 끄덕였다. 그는 이미 메이저리그 최고의 투수로 평가받고 있다.

그는 다승 부문을 제외하고는 이미 모든 부문에서 1위를 하고 있다. 다승 부문에서 그가 제외된 것은 결국 20경기 출장 정지를 받았기 때문이다.

그런데 의외로 스트롱 케인이 안타를 치고 나갔다. 배트의 스피드가 좋고 간결한 타격을 하는 그는 정상급 투수를 만나도 움츠러드는 법이 없었다.

삼열은 타석에 들어서는 이안 벅스를 바라보았다. 그는 올해 부진하다가 최근에야 슬럼프를 탈출하여 맹타를 휘두르고 있었다.

컵스의 상승세에는 그와 헨리 아더스, 그리고 로버트 메트릭의 선전이 큰 역할을 했다. 레리 핀처도 자신이 받는 연봉 값을 올해는 제대로 하고 있었기에 컵스의 상승세는 무서울

지경이다.

바람은 여전히 외야를 향해 불고 있었다. 이는 타자에게 유리하게 작용한다. 공이 바람의 영향으로 더 멀리 날아간다는 말이니까.

딱.

공이 중견수 뒤로 떨어졌다. 이미 스트롱 케인이 2루를 돌고 3루로 향했다. 3루 코치가 손을 돌렸다. 발이 빠른 스트롱 케인이 홈으로 파고들었다. 이안 벅스는 2루까지 달렸다.

삼열은 의외의 결과에 눈을 동그랗게 떴다. 상대 투수가 이렇게 쉽게 점수를 낼 줄 몰랐던 것이다. 그는 아메리칸 리그의 정상급 투수였다.

'하아, 대단하군.'

크리스찬 세일의 구위는 나쁘지 않았지만 몸이 풀리기 전에 두들겨 맞은 것이다. 가끔 제구 위주로 피칭을 하는 투수들은 1회에 고전을 하는 경우가 적지 않았다.

이후 1루가 비어 있는 것을 보고 세일이 그를 볼넷으로 보냈고 헨리 아더스가 삼진을 당하고 로버트가 외야 플라이로 아웃되면서 1회가 끝났다.

삼열이 마운드에 나가자 다시 그 이상한 노래가 흘러나왔다. 그는 어쩔 수 없이 피식 웃었다. 마음을 비우고 청명하게 가지려고 노력했다.

이제는 어느 정도 마운드에 서는 것이 적응되어서 특별히 마인드컨트롤을 하지 않아도 위압적인 분위기를 풍겼다.

그의 괴팍하고 과격한 투구는 이미 메이저리그에 소문이 났고, 그래서인지 홈 플레이트에 바싹 붙어 타격하는 선수가 거의 없었다.

"난 플레이트에 붙은 타자가 있으면 가장 강한 공을 안쪽에다가 던질 겁니다. 저는 가장 안전하게 던지겠지만 제 손가락을 너무 신뢰하지는 말도록 하세요."

악동이 이 말을 해서인지 적정선 이상으로 플레이트에 바싹 붙는 선수는 없었다.

메이저리그에서 유일하게 사망한 선수는 레이 채프만으로, 1920년 양키스의 칼 메이스가 던진 공에 머리를 맞고 다음 날 사망하였다.

그때는 헬멧을 타자가 착용하기 전이었다. 죽지 않는다 하더라도 105마일의 공을 맞고 싶어 하는 타자들은 없다. 상대가 월터 존슨과 같은 신사가 아니기에 105마일의 공을 시험하고 싶은 생각은 없는 것이다.

삼열이 관중을 향해 손을 흔들자 박수가 쏟아졌다.

첫 타자는 페드로 알렉스. 그는 작년에 122개의 안타를 쳤고 올해는 108개의 안타, 16개의 홈런, 그리고 타율은 0.314로 맹활약하고 있었다.

자신감으로 가득한 눈빛과 자세에서 긍정적인 마인드가 엿보였다. 그것이 이 선수의 장점으로 보였다. 그는 현재 아메리칸 리그의 타격 9위에 랭크되어 있다.

'노리고 있군.'

삼열은 상대 타자가 자신의 공을 노리고 있음을 느꼈다. 이럴 때 공을 정직하게 던질 수는 없다. 삼열은 공의 실밥이 손에 걸리는 것을 느끼며 공을 던졌다. 공이 날아가다가 옆으로 휘어져 들어갔다.

펑.

"스트라이크."

페드로 알렉스는 자신의 눈앞에서 슬라이더처럼 휘어지는 공을 보고 입을 다물지 못했다.

요즘 공이 유난히 잘 보였다. 오늘도 강속구로 보이는 공이 너무나 뚜렷하게 보여 완벽하게 칠 수 있을 것으로 믿어 의심치 않았는데 옆으로 휘어지는 공의 궤적을 보고 커터임을 알았다. 슬라이더라면 이렇게 빠르게 날아왔을 리가 없기 때문이다.

'젠장!'

그는 마치 마리아노 리베라처럼 옆으로 크게 휘어지는 공을 보며 인상을 썼다. 하지만 그는 곧 얼굴을 펴고 다시 힘차게 배트를 휘둘러야 했다. 2구가 바로 지체하지 않고 날아왔기 때문이다.

딱.

2루수 옆으로 흘러가는 공을 로버트가 어느새 달려가 잡고는 1루에 던졌다.

안짱다리에 구부정한 모습이 우스워 보였지만 그가 수비하게 되면 그 모습은 매우 믿음직하게 변하게 된다.

유난히 긴 팔과 구부정한 다리는 그의 트레이드 마크였다. 게다가 그의 거미줄 수비는 근처로 날아가는 공을 놓치는 법이 없었다.

*　　　　*　　　　*

폴 매카닉은 자신의 방에서 서성거렸다. 어둠은 깊어졌고 그에 따라 그의 고민도 깊어졌다. 그는 워싱턴 포스트의 정치부 기자다.

그는 미국의 저명한 정치가들을 취재하다가 한 가지 이상한 점을 발견했다.

존 메이어 멜로라인 상원의원은 미국의 저명한 정치가이자 유력한 가문 출신이다.

카네기 가문과 록펠러 가문처럼 사람들에게 많이 알려지지는 않았지만 멜로라인 가문이 미국 내에 끼치는 영향력은 엄청나다.

그들은 겉으로 드러나지 않는 행보를 한다. 정치가가 나와도 언제나 조용했다. 그들 중 유명한 사람도 있었지만 절대로 대통령이 된 사람은 없었다.

하지만 존 메이어 멜로라인 상원의원은 생각이 조금 다른 것 같았다. 그리고 그를 취재하면서 그의 딸이 결혼했다는 사실을 알게 되었다.

그녀의 남편은 삼열 강이라는, 아들이 좋아하는 야구 선수였다. 자신을 볼 때마다 파워 업을 외치는 아들 때문에 즐겁게 웃었었다. 물론 그 파워 업 티셔츠도 사줬다.

뭔가 있는 것 같은데 감추어져 있어 알아내기가 쉽지 않았다.

한 곳을 치면 다른 곳이 허술해지니 한번 시도해 볼 만한 일이었다. 하지만 방법이 마음에 들지 않았다. 그것은 다른 사람의 사생활을 건드린다는 점이었다.

'그가 대통령 선거에 나올까?'

사람들에게 잘 알려진 존 메이어는 매우 합리적이고 이성적인 사람이지만 때로는 잔인하고 무자비할 때도 많았다. 하지만 웃는 얼굴에 가려서 사람들이 인식하지 못한 뿐이었다.

'멜로라인 가문이 이제 카네기 가문처럼 전면에 부상하려는 것일까?'

그는 존 메이어 멜로라인과 다른 정치적 노선을 걷고 있었다. 아직은 정치부 기자이지만 어쩌면 정치판에 뛰어들지도 모른다.

나이가 들어가면서 명예와 권력 앞에 초연해지기란 쉽지가 않다. 민주당원인 그는 공화당인 존 메이어 멜로라인이 대선에 나온다면 위협적인 적이 될 것이란 걸 알고 있다.

그의 노트북에서는 시카고 컵스의 경기가 중계되고 있었다. 그리고 노트북 하드에는 마리아 멜로라인이 삼열이 부상 입었을 때 눈물을 흘리는 장면도 들어 있었다.

'아직 딸이 결혼한 것을 모르는 모양인데, 터뜨리려면 지금이 기회다. 그런데 과연 이것이 옳은 것인가?'

담배 생각이 간절했지만 이곳이 집인 것을 깨닫고는 말없이 손을 감쌌다.

큰아들은 예일대 졸업반이고 늦둥이로 태어난 찰리는 이제 겨우 일곱 살이다. 그래서 그는 가능한 집에서는 흡연을 자제하고 있었다.

창문을 열자 시원하면서도 서늘한 밤공기가 방으로 스며들었다. 본격적으로 여름이 다가오고 있었기에 몇 주만 지나면 저녁에도 더워질 것이다.

"운명이 그들을 새로운 곳으로 인도할지도 모르지."

그의 낮은 목소리가 어둠에 묻혔다.

*   *   *

삼열은 환호하는 관중을 뒤로 하고 마운드로 내려왔다. 스코어는 2 : 0. 5회 말 공격에도 그는 타석에 멀리 떨어져 투수가 편하게 공을 던지게 하고는 물러났다.

루크 애플링 놀이는 더 이상 하지 않을 생각이었다.

아이러니한 것은 그가 타자로서 유일하게 좋아하는 루크 애플링은 화이트삭스의 대표적인 선수였고 그의 등번호 4번은 화이트삭스의 영구 결번이라는 것이었다.

위대한 투수는 공을 잘 던지는 선수가 아니라 삶을 멋지게 사는 사람이다.

월터 존슨이 존경받는 것은 그가 투수로서 417승을 거두어서가 아니다.

그는 14년 동안 패스트볼 하나로만 연평균 27승을 거두었다. 그리고 그의 110번의 완봉은 위대한 업적이다. 하지만 그는 타자에게 빈볼을 단 한 번도 던지지 않았다.

부드럽고 온화한 인품을 가진 그는 모든 사람의 지지를 받았다.

타이 콥은 통산 0.366의 타율을 가지고 있다.

23년 연속 3할 이상의 타율을 기록한 데다가 열두 번의 타격왕에 오르기도 했지만 사람들은 그를 좋아하지 않았다.

자기중심적이고 인종차별주의자인 그는 같은 팀의 선수들과도 잘 지내지 못했다. 그는 위대한 업적을 이루었지만 위대한 삶을 살지는 못했다.

삼열은 마리아에게 좋은 남자이자 남편이 되고 싶었다. 적어도 부끄럽지 않은 사람으로 남기 위해 새롭게 살기로 결심했다.

그녀가 그에게 헌신적이지 않았다면, 존경과 신뢰를 보내지 않았다면 그런 생각은 들지 않았을 것이다.

영화 「이보다 더 좋을 수 없다」에서 멜빈이 캐롤에게 '당신은 내가 더 좋은 사람이 되고 싶게 해요'라고 고백했던 것처럼 사랑은 사람을 변하게 만든다.

삼열은 자신이 변하고 있음을 알았다. 하지만 그런 변화는 자신이 원해서 일어나는 것이다.

삶을 긍정하자 그에게 새로운 세계가 펼쳐졌고 가야 할 새로운 길도 보였다. 음습하고 거짓으로 가득했던 세계가 붕괴되면서 삶이 아름답다는 것을 처음으로 알게 되었다.

그리고 그의 팬 마리아나를 통해 생명이 얼마나 귀중한 것인지도 깨달았다.

어린 생명이 바람에 흔들리며 흩어지는 꽃잎처럼 위태롭게 하루하루의 삶을 지탱하다가 그 연약한 끈을 놓았을 때 그녀를 알던 모든 사람은 슬픔에 빠지게 되었다.

자신의 죽음보다 아빠의 행복을 더 간절히 원했던 소녀의 마음이 얼어붙은 삼열의 마음을 녹였다.

삼열은 컵스의 타자들이 이기기 위해 열심히 배트를 휘두르는 것을 보았다. 크리스찬 세일은 정말 잘 던졌다. 비록 2점을 내주었지만 좌완인 그가 공을 던지는 모습은 위압감을 가지게 했다.

그를 침몰시키는 방법은 승부를 끈질기게 하는 수밖에 없다. 왜냐하면 inverted W 투구폼의 그는 많은 공을 던질 수 없기 때문이다. 마틴 스트라우스처럼 적절한 투구 수를 조절하지 않으면 언제든 어깨를 망가뜨릴 수 있는 위험스러운 투구폼이다.

하지만 이 위험스러운 투구 동작은 제구력을 향상시키는 데는 아주 유용하였다. 마약과도 같은 달콤한 유혹의 투구법이기도 했다.

결국 6회 초가 끝나고 7이닝이 되자 투수가 바뀌었다. 투구 수가 100개를 넘어가자 파사트 로빈 감독은 지체 없이 세일을 강판시키고 아디슨 리느를 내보냈다.

우완인 그는 37경기에 나와 2승 1패, 4.11의 평균 자책점을 가졌다.

투수가 바뀌기만 노리고 있던 컵스의 타자들은 득달같이 달려들어 난타했다. 레리 핀처가 1점 홈런을, 로버트가 2루타를 치면서 단번에 2점을 뽑았다.

파사트 로빈 감독은 고개를 절레절레 흔들며 의자에 앉았다. 더 이상 오늘 경기를 기대하지 않는 듯 침착한 표정으로 그라운드를 바라볼 뿐이었다.

역시 그가 보기에도 삼열은 메이저리그 1위의 투수답게 난 공불락이었다. 크리스찬 세일 역시 올해 대단한 공을 던지고 있었지만 삼열과 비교했을 때 확연히 급이 다르다는 것이 느껴질 정도였다.

삼열은 마운드에 서면서 승리가 아닌 행복을 던지기로 했다.

그러기 위해 먼저 자신이 행복한 사람이 되어야 한다. 그리고 자신을 응원하는 팬들에게 승리의 기쁨을, 상대 팀을 응원하는 관중들을 위해서도 멋진 경기를 보여주어야 한다.

그런 생각을 할수록 어깨에서 힘이 빠지고 공은 물 흐르듯 날아갔다. 이전에는 잔뜩 힘을 주고 던졌었다. 의도적으로 어깨의 힘을 빼고 던지기는 했지만 지금처럼 한 줌의 힘도 들어가지 않은 듯 자연스럽지는 않았었다.

삼열은 이제야 투구가 무엇인지 알 것 같았다. 동작 하나하나가 군더더기 없이 자연스러워졌다.

파사트 로빈 감독은 삼열의 투구폼을 보고는 오늘 승리에 대한 기대를 모두 접어버렸다.

저런 공을 어떻게 친단 말인가. 설혹 친다고 하더라도 연타를 허용하지 않으니 모두 소용없는 짓이었다.

그는 메이저리그 최고 투수의 공을 보는 것만으로 만족하기로 했다.

그는 피식 웃었다. 컵스와 같은 리그에 속한 것이 아닌 게 정말 다행이었다. 인터리그가 아니면 컵스를 만날 일이 없고, 만난다고 해도 1년에 세 게임 정도였다. 운이 좋으면 삼열과 한 번도 마주치지 않을 수 있다는 말이었다.

하지만 같은 리그의 팀들은 저런 무지막지한 공을 서른두 번이나 만나야 한다. 이는 팀당 서너 번은 최소한 마주쳐야 하는 말이었다.

'전설이 만들어지겠군. 그가 롱런을 한다면 말이지.'

그가 보기에 삼열은 뛰어난 구위를 가지고 있으면서도 무리를 하지 않으니 롱런할 가능성이 높았다. 그는 나직하게 한숨을 내쉬며 저 무지막지한 선수가 FA 시장에 나온다면 어마어마할 것이라고 생각했다.

문제는 그의 나이가 이제 스무 살밖에 되지 않았다는 점이다.

*   *   *

삼열은 공을 던지면 던질수록 행복했다. 그의 육체가 말라 가고 신경이 죽어갈 때 소원하던 그것을 하고 있다는 생각에 더 신이 났다.

그때는 이렇게 자신이 자유로운 몸으로 공을 던질 수 있을 것이라고는, 정말 생각하지도 못했다.

그가 마리아와의 결혼 이후 더욱 세상과 교통하려고 하는 것은 야구가 그의 삶이 되어서는 안 되기 때문이었다. 야구는 인생을 살아가는 하나의 과정으로 존재해야지, 그렇지 않으면 삶은 곧 공허해질 것이기 때문이다.

뉴욕 양키스와 텍사스 레인저스에서 뛰었던 이라부 히데키 는 재작년 2011년 7월에 LA 자택에서 자살했다. 뚜렷한 이유 는 없었다.

짐작하기로 100마일의 강속구를 뿌리던 그가 야구를 그만 두게 되면서 인생의 방향을 잃어버린 탓이었다. 야구가 없는 삶은 그에게 의미가 없었던 것이다.

천재 타자 조 잭스는 블랙삭스 스캔들에 연루되어 메이저리 그에서 영구 추방되었다.

그는 메이저리그 13년 동안 통산타율 0.358에 1,772개의 안타를 때렸다. 메이저리그에서 추방된 후로는 고향으로 돌아와 세탁소를 하며 아이들에게 메이저리그에 대한 추억을 이야기했다.

그에게는 추억을 이야기해 줄 아이들이 있었다. 하지만 이라부 히데키는 그런 이야기를 해줄 아이들조차 없었을 것이 분명했다.

이야기를 들어줄 사람이 있다면, 그리고 그의 삶에서 소통할 사람이 있는 자는 자살하지 않는다.

삼열은 야구를 삶이 아니라 인생을 사는 하나의 과정으로 받아들이기로 했다. 그러자 경기의 승패에 대해 이전보다 여유 있게 대할 수 있었다.

야구를 할 수 있는 것이 행복했고 스트라이크를 던질 수 있어 기뻤다. 그리고 비록 경기에서 진다고 하더라도 다음 경기가 있으니 실망하지 않기로 했다.

삼열이 마운드에 서자 다시 그 엉터리 응원가가 흘러나왔다. 연신 파워 업을 외치는 소리를 들으며 삼열은 공을 던졌다. 오늘은 그의 날이었다. 안타를 적지 않게 내주었지만 모두 후속타 불발로 끝나고 말았다.

삼열은 쏟아지는 박수와 동료들의 축하를 받으며 마운드에서 내려왔다. 드디어 10승 투수가 된 것이다. 메이저리그 진출

첫해라곤 생각할 수 없는 업적을 이루었다.

"삼열, 축하해."

"고마워요."

삼열은 라이언 호크의 축하를 받으며 라커룸에서 짐을 챙겼다.

"어이, 삼열. 한잔 안 할래?"

"이 몸은 집에서 예쁜 와이프가 기다리신다."

"하하하. 맞아, 그렇군. 삼열, 황홀한 밤 보내라!"

"네가 말 안 해도 그렇게 하려고 한다."

삼열은 로버트의 놀림을 받으며 차에 올랐다.

＊　　　＊　　　＊

밤하늘에 별들이 쏟아질 것처럼 가득했다. 삼열이 모는 차의 헤드라이트가 안개처럼 내려앉은 리글리빌의 어둠을 뚫고 지나갔다.

문이 열리자마자 마리아가 뛰어나왔다.

"여보, 어서 오세요."

"여보?"

"호호, 한국에서는 결혼한 부부가 그렇게 부른다면서요?"

"어떻게 알았어?"

"구글 검색."

삼열은 마리아의 뺨에 키스하고 방으로 들어갔다. 이전에
애인일 때는 이런 유대감은 없었다. 사랑하기는 했지만 가족
이라는 느낌이 없었다.

하지만 이제는 가족이라는 생각에 집에 들어오면 훨씬 더
평안함을 느껴졌다. 이런 마음의 안정감 때문에 사람들은 결
혼하는지도 모른다.

삼열이 샤워하고 나오자 식탁엔 그가 좋아하는 음식들이
즐비했다.

"마리아, 고마워."

"뭘요."

마리아도 식탁에 앉아 샐러드를 먹었다.

이미 저녁을 먹었기에 삼열과 이야기하기 위해 가벼운 샐러
드만 먹는 것이다.

삼열은 문득 마리아도 회사 생활을 하는데 이렇게 늦은 저
녁에 식사를 차리는 것이 조금 무리가 아닐까 생각했다.

"마리아."

"네. 왜요, 여보?"

삼열은 그녀가 한국말로 여보라고 불러주자 말할 수 없이
사랑스러운 감정을 느꼈다.

"마리아, 당신노 식장 생활을 히는데 이렇게 늦은 시간에

저녁을 차리는 건 좀 무리라고 봐."

"흐음, 이제야 우리 여보가 나의 수고를 이해해 주는군요. 호호, 그러나 걱정하지 마세요. 한 달 중의 반은 원정경기라 식사를 안 차리잖아요. 그러니까 그 나머지 반을 아내로서 남편의 건강을 위해 헌신하지 않으면 아내 자격이 없는 거죠. 그리고 난 건강하니까요."

"그래도……."

마리아가 삼열에게 대뜸 키스를 해왔다. 다정하고 달콤한 키스였다. 혀를 통해 알싸한 샐러드의 맛이 느껴졌다.

마리아는 전통적인 가정에서 자라 어머니가 하는 것을 보고 자라왔다. 그래서 가정을 소중히 생각하며 아내로서의 위치와 역할에 대한 자부심이 강했다.

미카엘이 그녀의 심장에 녹색 수정을 준 후부터 마리아는 피곤함을 느끼지 못했다.

더 정확하게 말하면 삼열과 같이 사랑을 한 날은 몸이 말할 수 없이 상쾌하였다. 그래서 그녀에게는 이런 식사 준비가 하나도 힘들지 않았다.

삼열과 동거를 막 시작했을 초기에는 재료를 준비하고 요리를 하는 데 시간이 많이 걸렸으나, 이제는 요령이 생겨서 재료를 미리 준비해 놓고 가볍게 손질해 하는 요리로 종목을 바꿨기 때문에 생각보다 시간이 많이 걸리지 않았다.

하지만 요리 자체가 풍성하게 보여 시간과 정성이 많이 들어간 것처럼 보였다.

"여보."

"응, 마리아?"

"저녁 먹고 뭐 해요?"

"우리 정원에서 같이 커피 마실까?"

"그것도 좋지만… 음, 아니에요. 당신하고 같이 있으면 뭐를 하든 좋아요."

마리아는 얼굴을 붉히고 몸을 꼬면서 말을 했다. 삼열도 그녀가 무슨 말을 하는지 알 것 같았다. 자연 식사를 하는 속도가 빨라졌다.

"여보, 천천히 먹어요."

"컥컥."

삼열이 목에 걸린 생선 토막을 넘기면서 거칠게 호흡을 했다.

이미 손질된 것이라 생선뼈는 없었다. 단지 너무 급하게 먹다가 걸린 것이다.

삼열은 물을 먹고 나서 천천히 음식을 먹기 시작했다. 눈앞의 마리아는 그의 아내였고 밤도 깊었고 그녀가 어디로 갈 것도 아니었다.

"아참, 나 이제 드디어 10승 투수가 되었어."

"맞다. 축하해요, 여보."

마리아도 지역 방송을 통해 보았기 때문에 이미 알고 있었다.

그녀는 지금까지 삼열이 나오는 경기는 한 번도 빠지지 않고 모두 보았다.

야구를 좋아하는 그녀는 남편이 야구 선수라 좋았고 또 오늘 승리 투수가 되어 기뻤다.

삼열은 어둠 속에 저물어가는 텍사스의 하늘을 바라보았다.

창밖으로 비친 하늘은 붉은 노을이 져서 무척이나 아름다웠다. 붉은 하늘을 보자 불현듯 얼마 전 미카엘이 다녀간 것이 기억났다.

그는 잠시 생각에 잠겼다.

'병이 낫게 되면 신성력은 모두 사라지게 될까?'

삼열이 원한 것은 괴물 같은 신체는 아니었다.

그것은 반칙이다. 괴물이 되어 야구를 하는 것도 아무 의미가 없다. 슈퍼맨이 야구 선수가 된다면 그것은 정말 무의미한 일이다.

승리는 당연한 것이고 그가 이루는 업적도 당연한 것이니까.

당연한 것을 이루는 것은 자랑스러운 것이 아니다.

다만 삼열은 병이 너무 급격하게 치료되어 다시 예전처럼 허약해지지 않을까 하는 걱정이 들었다. 그러나 삼열의 이러한 고민은 쓸데없는 것이었다.

신성력 자체는 삼열의 괴물 같은 인내심에 놀란 미카엘이 그를 너무 높게 평가해서 필요 이상의 불의 씨앗을 심장에 심어놓았기 때문에 얻은 부록에 지나지 않았다.

그의 병을 치유하는 것은 심장에서 자란 불꽃이었다. 신성력이 사라진다고 해도 불꽃은 사라지지 않는다.

삼열은 마리아를 안고 침대에 누웠다.

최근 들어서 그녀를 볼 때마다 미치도록 사랑을 나누고 싶어지곤 했다.

그것은 마리아도 다르지 않은 듯했다. 그런데 사랑을 나누고 나면 이상하게도 그녀를 통해 전해져 오는 청명하고도 서늘한 기운을 느끼곤 했다.

그 서늘하고 시원한 기운이 머리에 안착하면 정신을 잃을 만큼 졸렸다.

결국 그는 오늘도 졸음을 참지 못하고 마리아의 옆에 누워 잠에 빠져들었다.

삼열이 자는 동안 그의 몸에서 불꽃이 꽃처럼 개화하여 주위에 씨앗을 뿌렸다.

흩어진 씨앗이 꿈틀거리며 움직이다가 불의 정령 샐러맨더의 모양으로 변해 그의 육체를 헤집고 다녔다. 그리고 마침내 모든 세포 속에 있던 비틀려진 것들이 뜨거운 기운에 의해 타들어갔다.

삼열이 입을 벌리자 뜨거운 열기가 입을 통해 흘러나왔다. 검고 탁한 기운이 어둠 속에 녹아들기 시작했다.

그와 함께 그의 몸에 있던 신성한 능력도 허공 속으로 사라지고 말았다.

『MLB―메이저리그』 8권에 계속…

초대형 24시 만화방

신간 100%, 샤워실, 흡연실, 수면실(침대석), 커플석, 세탁기 완비

■ 강북 노원역점 ■

서울 노원구 상계동 340-6 노원역 1번 출구 앞 3층
02) 951-8324 (화용빌딩 3층)

■ 일산 정발산역점 ■

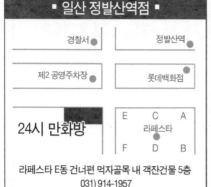

라페스타 E동 건너편 먹자골목 내 객잔건물 5층
031) 914-1957

■ 일산 화정역점 ■

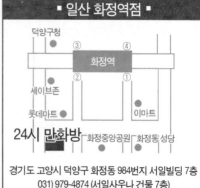

경기도 고양시 덕양구 화정동 984번지 서일빌딩 7층
031) 979-4874 (서일사우나 건물 7층)

■ 부천 역곡역점 ■

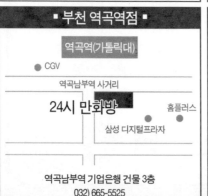

역곡남부역 기업은행 건물 3층
032) 665-5525

■ 부평역점 ■

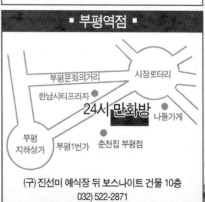

(구) 진선미 예식장 뒤 보스나이트 건물 10층
032) 522-2871

월야환담

채월야 • 홍정훈 장편 소설

"미친 달의 세계에 온 것을 환영한다!"

서울을 중심으로 펼쳐지는 뱀파이어, 그리고 뱀파이어 사냥꾼들의 이야기!
한국형 판타지의 신화, 월야환담 시리즈 애장판
그 첫 번째 채월야!

Book Publishing CHUNGEORAM

유행이 아닌 자유추구 -
WWW.chungeoram.com

내일을 향해 쏴라

김형석 장편 소설

FUSION FANTASTIC STORY

1만 시간의 법칙!
'성공은 1만 시간의 노력이 만든다' 는 뜻이다.

그러나…
사회복지학과 복학생 수.
전공 실습으로 나간 호스피스 병동에서
미지와 조우하다.

1만 시간의 법칙?
아니, 1분의 법칙!

**전무후무한 능력이 수에게 강림하다!
맨주먹 하나로 시작한 수의
인생역전이 시작된다!**

Book Publishing CHUNGEORAM

유행이 아닌 자유추구 -
WWW.chungeoram.com

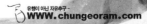

현대 소환술사

THE MODERN SUMMONER

FUSION FANTASTIC STORY

현윤 퓨전 판타지 소설

하늘이 무너져도 솟아날 구멍은 있다!

드래곤의 실험으로 모진 고난을 겪어야 했던 레비로식
우여곡절 끝에 소환술사가 되어 최강의 자리에 오르지만
운명은 그를 나락으로 떨어뜨린다.

『현대 소환술사』

다시 한 번 주어진 삶!
그러나 그마저도 암울하기 그지없는데…….

소환술사 레비로스의
인생 역전이 시작된다!

Book Publishing CHUNGEORAM

十字星 십자성
전왕의 검

허담 新무협 판타지 소설
FANTASTIC ORIENTAL HEROES

신력을 타고났으나 그것은 축복이 아닌 저주였다.

『십자성 - 전왕의 검』

남과 다르기에 계속된 도망자의 삶.
거듭된 도망의 끝은 북방 이민족의 땅이었다.
야만자의 땅에서 적풍은 마침내 검을 드는데……!

"다시는 숨어 살지 않겠다!"

쫓기지 않고 군림하리라!
절대마지 십자성을 거느린
적풍의 압도적인 무림행이 시작된다!

철백 新무협 판타지 소설

FANTASTIC ORIENTAL HEROES

大武
대무사

피와 비명으로 얼룩진 정마대전의 종결.
그리고…

"오늘부로 혈영대는 해산한다."

혈영대주 이신.
혈영사신(血影死神)이라고 불리는 그가
장장 십오 년 만에 귀향길에 올랐다.

더 이상 전쟁의 영웅도, 사신도 아니다!

무사 중의 무사, 대무사 이신.
전 무림이 그의 행보를 주목한다!

Book Publishing CHUNGEORAM

유천이야기 자유추구~
WWW.chungeoram.com